LO SCAFFALE D'ORO

Le streghe e i fichi, Andreana, La lanterna magica
tratte da: *Fiabe lombarde*
© 1995 Edizioni EL, San Dorligo della Valle (Trieste)

Le mie belle tre corone, La vecchia nell'orto, L'argentiere
tratte da: *Fiabe siciliane*
© 1995 Edizioni EL, San Dorligo della Valle (Trieste)

Niccolino, La gallina secca
tratte da: *Fiabe toscane*
© 1998 Edizioni EL, San Dorligo della Valle (Trieste)

Il tesoro, Il re comandino
tratte da: *Fiabe venete*
© 1999 Edizioni EL, San Dorligo della Valle (Trieste)

Il re moro, Il Sultano
tratte da: *Fiabe del Lazio*
© 2002 Edizioni EL, San Dorligo della Valle (Trieste)

La penna del grifone, La bambina nella cesta di pere, La ragazza soldato
tratte da: *Fiabe piemontesi*
© 2005 Edizioni EL, San Dorligo della Valle (Trieste)

Storia di Ciricoccola, La principessa degli indovinelli, Il capitano-principessa
tratte da: *Fiabe dell'Emilia Romagna*
© 2006 Edizioni EL, San Dorligo della Valle (Trieste)

© 2006 Edizioni EL, San Dorligo della Valle (Trieste)
per la presente edizione
ISBN 88-7926-580-6

www.edizioniel.com

Fiabe da tutta Italia

A cura di Lella Gandini

Riscritte da Roberto Piumini

Illustrazioni di Anna Curti

Einaudi Ragazzi

Fiabe da tutta Italia

Le streghe e i fichi

C'era una volta un vecchio con tre figli: erano poveri, e non sempre avevano da mangiare. Un giorno il padre chiamò il piú grande, e disse:
– I fichi nell'orto sono maturi. Cogli i piú belli, mettili in un cestino e portali al re: magari ti darà qualche moneta d'oro.

Il ragazzo va, prende i fichi piú grossi e dolci, li mette nel cesto, lo infila su un bastone, e s'incammina.

Ecco passò vicino alla casa di quattro streghe curiose, che stavano alla finestra a spiare i pellegrini. Appena videro quel ragazzo, gridarono: – Cos'hai nel cestino?

– Per voi niente! – lui rispose, e continuò la sua strada.

Le streghe, infuriate, sbatterono le imposte e dissero in coro: – Niente per noi, niente per nessuno!

Il ragazzo nemmeno le sentí, arrivò al palazzo e chiese di essere ricevuto dal re per dargli un dono. Il re lo ricevette. – Cosa mi porti?

– I fichi piú buoni del regno, maestà!

Scoprí il cestino, e il cestino era piú vuoto di un nido a dicembre.

Il re, che era golosissimo di fichi, si arrabbiò molto e fece dare un po' di bastonate al poveraccio, che tornò a casa tutto pesto e a mani vuote.

– Cosa ti è capitato? – chiese il padre: e il figlio raccontò tutto, tranne l'incontro con le streghe. Il vecchio si arrabbiò per la brutta figura, chiamò il secondo figlio, e gli disse: – Riempi un cestino di fichi grossi e portali al re.

Quello riempie il cestino, e parte: ed ecco ancora quelle streghe. – Cos'hai nel cestino?

– Niente per voi! – E quelle, sbattendo le imposte: – Niente per noi, niente per nessuno! – E cosí, arrivato davanti al re, anche quella volta il cestino era piú vuoto del bicchiere di un ubriacone, e il ragazzo si prese doppia bastonatura, e tornò a casa mezzo morto, e raccontò la cosa: e anche lui non disse delle streghe.

Il padre chiamò il terzo figlio: – I tuoi fratelli non hanno combinato niente: tocca a te rimediare. Va' dal re, e ottieni il suo perdono, oppure non tornare a casa!

Il ragazzo prese i fichi piú belli e si mise in cammino, pensando a quello che lo aspettava. Ed eccolo passare davanti alle streghe affacciate: – Cos'hai nel cestino?

– Fichi belli per il re.

– Falli assaggiare anche a noi, povere vecchie!

– Perché no? Assaggiate.

E le streghe presero solo un fico ciascuna, di quelli piccoli, e dissero anche grazie: poi il ragazzo ripartí per la strada, e arrivò al castello del re. Si presentò, scoprí il cesto: ed ecco i bei frutti grossi, dolci, maturi, con la goccia di zucchero che cola. Il re fu contento, e gli diede una manciata di monete d'oro, e lo congedò.

Tornando a casa felice, il ragazzo ripassò sotto la casa delle streghe. – Figliolo, sei stato gentile con noi, – dissero quelle. – Prendi quattro cose che ti saranno utili in qualche guaio dei domani.

La prima gli diede una pagnotta che, per quanto si mangiava, non diminuiva di una briciola. La seconda un pezzo di formaggio che, piú ne gustavi, piú cresceva. La terza una fiasca di vino che,

bevi e bevi, non si svuotava mai. L'ultima gli diede uno zufolo che, suonandolo, faceva ballare e saltare anche chi non voleva. Con quei doni in tasca, il ragazzo pensò di andarsene un po' in giro per il mondo, e camminò per montagne e pianure, boschi e prati, finché arrivò a una gran città: e appena entrato le guardie gli saltarono addosso e lo fecero prigioniero.

– Perché mi portate in prigione? – lui gridava. – Cosa ho fatto di male? – E quelli: – Ordine del re: ogni straniero va messo in catene, e chiuso in cella!

E la prigione era davvero piena di gente: tutti lí senza sapere la ragione. Il ragazzo smise di agitarsi, perché non serviva a niente. Tirò fuori pagnotta, cacio e vino, e invitò i compagni a mangiare: e tutti bevvero e mangiarono, e alla fine ce n'era come prima. Allora il ragazzo prese lo zufolo e cominciò a suonare: e subito giovani e vecchi, ragazzi e ragazze, poveri e ricchi, presero a saltare allegri, tanto che la prigione sembrava un palazzo in festa. Anche il carceriere, che era corso a vedere, cominciò a saltare, e non riusciva a fermarsi, e il secondo carceriere pure, e anche i gendarmi della guardia: un pandemonio.

Poi il ragazzo smise di suonare, e tutti si fermarono: e il carceriere, con la testa in trottola, corse a dire al re quello che capitava nella prigione.

Ora, bisogna sapere che quel re non era cattivo come sembrava, ma aveva perso la testa per una gran disgrazia che gli era accaduta: la sua sola figliola era stata presa dalla malinconia, e a poco a poco si consumava, e invano erano venuti medici e maghi: tutti avevano detto che se quella ragazza non avesse fatto presto una risata, sarebbe morta per la tristezza feroce.

Cosí il re aveva invitato buffoni, pagliacci, giocolieri, ammaestratori di cani, canzonieri: e tutti si erano sganasciati a ridere, ma non la principessa, che faceva pallidi sbadigli.

Appena il re sentí cosa era accaduto in prigione, pensò subito alla sua povera figliola, e ordinò: – Portatemi qui il giovane con lo zufolo! – Quando lo ebbe davanti, disse: – Suona! – E il ragazzo suonò: e allora re, regina, corte, ministri, servi, persino cani, gatti e polli e piccioni si misero a saltare e ballare, e quel corteo festoso andò verso le stanze della principessa.

La ragazza, come al solito, stava là pallida e triste, a sbadigliare: e sentí e vide arrivare la fila di

gente in allegria, con brocche e broccati, spade e mantelli, tutto che si agitava, e anche la corona in testa al re: e allora lei fece una gran risata, e cominciò a ballare. La musica durò un pezzo, pazza di gioia.

Alla fine il re abbracciò il ragazzo, e gli diede la figlia in sposa: e fu fatta una festa da stordire il mondo, e vennero anche il padre e i due fratelli babbioni, e le quattro streghe che, in cambio dei fichi, avevano aiutato quella felicità.

Andreana

C'era una volta un padre che affidò la sua piccola figlia a una maestra. Quando Andreana, cosí si chiamava, fu cresciuta e diventata bella, la maestra la mandava nel giardino a innaffiare i fiori.

Sopra il giardino c'era la loggia del palazzo reale, e un giorno il figlio del re, che stava lassú a guardare, chiese alla ragazza: – Bella Andreana, quanti minuti ha una settimana? – E lei non rispose, ma raccontò la cosa alla maestra, che la consigliò: – Se ti farà ancora questa domanda, tu rispondigli: «Bel figlio del re, stelle nel cielo quante ce n'è?»

Cosí accadde, e questa volta fu il principe a non saper rispondere: però si mise nascosto nel giardino, e quando vide Andreana salire una scala, le tenne la gonna. La ragazza gridò: – Maestra mia, la scala mi tiene! – E la maestra, da lontano – Dai uno strattone, vedrai che viene! – Lei tirò forte, e si liberò.

Il giorno dopo, quando la vide, il principe prese a dire con voce di burla: – Maestra mia, la scala mi tiene! – e cosí la ragazza capí che lui le aveva fatto lo scherzo, e decise una vendetta. Mise una bella cintura ai fianchi, e salí su una mula, e andò in giro cantando: – Chi bacia questa mula, si prende la cintura! – Quando il figlio del re la sentí, corse, e baciò la mula: ma la ragazza la frustò e la fece trottare via, lasciandolo a muso avanti.

Allora lui, per vendicarsi, si travestí da pescivendolo, e girava gridando: – Pesce, pesce fresco! Chi lo annusa lo compra! – Andreana lo fermò, e mise la faccia avanti per annusare, e lui svelto la baciò. Il giorno dopo ci volle riprovare: lui tornò là gri-

dando: – Pesce, pesce fresco! Chi lo annusa lo compra! – Ma Andreana, questa volta, non ci cascò: invece si nascose in un armadio con specchio, che stava nella stanza del principe, e quando venne la notte uscí, batté l'acciarino, accese sette candele, e poi, vestita di bianco, nera in faccia, cominciò a soffiare, e a battere le mani.

Il principe si svegliò, e si spaventò a morte: – Chi sei, cosa vuoi? – E lei rispose: – Sono quella nera, e voglio te! – Il principe svenne dallo spavento, e cadde in malattia.

Quando, dopo un mese, tornò sulla loggia, la ragazza da sotto gli disse, a boccasmorfia: – Sono quella nera, e voglio te! – Il principe capí che era stata lei a dargli lo spavento, e volle vendicarsi: «Ora la sposo, – pensò, – e alla prima notte la pugnalo con la mia mano!»

Ma lei gli lesse la brutta voglia negli occhi, e quando fu sposata, prima della

notte, mise nel letto un fantoccio che le somigliava, con una vescica piena di latte e vino al posto del cuore.

Nel buio arriva il principe, alza il pugnale, colpisce: e latte e vino gli spruzzano la faccia.

– Oh, che sangue dolce aveva la mia Andreana! – lui dice, addolorato. – Perché l'ho uccisa? – e si batteva il petto, e prendeva la mira del cuore col pugnale: ma Andreana saltò fuori dalla tenda, e gli svelò l'inganno.

Lui, lietissimo, l'abbracciò, e andarono subito a fare un pranzo tale, che a chi non lo mangiò fece un gran male.

La lanterna magica

Una tessitrice aveva un figlio cattivo che le consumava ogni bene e la trattava male. Un giorno lo cacciò di casa, e mentre lui pensava a che fare, spuntò un uomo e gli chiese di mettersi al suo servizio per un anno: e bisogna sapere che quell'uomo era un mago.

Cammina cammina, ogni volta che passavano davanti a un'osteria, il mago diceva: – Mangeremo piú avanti, – e il ragazzo sentiva sempre piú fame.

Arrivati ai piedi di una gran montagna, dove c'era un albergo, il giovane disse: – Fermiamoci a mangiare, prima della salita, – ma il vecchio rispose: – Fra poco arriveremo in un posto dove si mangia bene, e costa poco: là ci potremo sfamare –. E sali e sali, su per una salita d'inferno, arrivarono a una caverna. Il mago fece spostare un pietrone davanti all'entrata, e spinse il giovane sottoterra, dicendo: – Va', passerai per stalle, dove sentirai voci che ti chiamano: ma tu non le ascoltare. In una greppia troverai una vecchia lanterna: me la devi portare, ma ricorda: non l'agitare.

Il ragazzo scese, trovò la lanterna, ma per dispetto la scrollò con forza: ed ecco sentí una voce che chiedeva: – Cosa vuoi? – E lui rispose: – Voglio essere a casa mia –. E subito si trovò accanto alla madre, che fu molto sorpresa. – Non temere, madre, – lui disse. – Da oggi staremo come figli di Dio! – E poi scosse la lanterna, e chiese che la casa si riempisse di cose buone: e fu riempita.

Qualche tempo dopo, in una città vicina, ci fu un torneo di tre giorni: il vincitore avrebbe potuto sposare la figlia del re. Il giovane lo seppe, scrollò la lanterna, e si trasformò in un cavaliere invincibile: e, sconfitti tutti gli altri cavalieri, chiese la principessa in sposa. Ma il re, che non lo conosceva, volle sapere come avrebbe mantenuto la figlia: lui non lo seppe dire, però scrollò la lanterna, e apparve un palazzo meraviglioso, proprio di fronte a quello del re, pieno di ricchezze, ornamenti, servi e ancelle.

Cosí il re fu soddisfatto, e gli diede la figlia: e i due sposi cominciarono la loro bella vita. Il mago, però, stava cercando dappertutto la lanterna, e travestito da lanternaio girava le case gridando: – Datemi lanterne vecchie, ve ne do nuove! – Passando sotto il palazzo, fu sentito dalla figlia del re, che ricordò di aver visto una vecchia lanterna, che poco s'intonava alle bellezze del palazzo. Chiamò il finto lanternaio: lui lieto la prese, e in cambio diede una nuova.

Ma appena andato di qualche passo, scrollò la

lanterna e fece scomparire il palazzo, compresa la sposa, e il giovane si trovò povero e solo. Il re lo minacciò di morte, se non gli avesse riportato la figliola. Cosí il giovane si mise in cammino, e a tutti chiedeva se avessero visto passare un palazzo, e tutti lo credevano pazzo.

Arrivò in cima a un monte, e chiese a un vecchio: – Vecchio, è passato per caso un palazzo, da queste parti? – Il vecchio disse:
– No, ma io sono il re dei topi: ora li raduno, e sentiremo cosa dicono –. Li radunò: ma nessun topo sapeva qualcosa. Allora il vecchio disse: – Parti, e portati uno di questi topi: ti aiuterà. Poi passa su quella montagna, dove abita mio fratello, il re dei gatti: forse lui sa qualcosa.

Il giovane andò, e fece la domanda. – Non so niente, – disse il vecchio. – Ma chiamiamo i gatti, che forse sanno –. I gatti non sapevano, e uno di loro fu messo in compagnia del giovane, perché andassero su una terza montagna, dove c'era il re degli uccelli. Ed ecco che anche quello, per sapere, fischiò per far venire tutti gli uccelli: e tutti vennero, tranne due. Quando quei due si posarono, un po' in ritardo, il vecchio chiese: – Perché avete tardato?

– Perché siamo rimasti a guardare un gran palazzo, in una valle dove prima non c'era, – risposero quelli. Allora, prendendo un uccello con sé, il giovane partí, e arrivò dove stava quel palazzo: ed era proprio il suo.

– Uccello, vola alle finestre, e cerca la stanza dov'è mia moglie, – disse il giovane. – E quando l'hai trovata, chiedile cosa ha fatto della vecchia lanterna –. L'uccello volò, cercò, trovò, chiese, ascoltò, tornò, e disse: – Tua moglie dice che la vecchia

lanterna è sotto il cuscino del mago, che sta dormendo.

Allora il topo, rosicchiando, aprí un buco nel portone: dal buco passò il gatto, e tutti e due corsero nella stanza del mago. Il gatto saltò sul letto, e con la coda sfiorò il naso del vecchio. Il vecchio, per starnutire, alzò il capo, e intanto il topo addentò la lampada, e la portarono al giovane. E il giovane la scrollò, e il palazzo tornò al suo posto, con dentro la sposa, e si riunirono felici, e fecero tanto pranzo che divenne cena: io fui il solo a non aver la pancia piena.

Le mie belle tre corone

Una lavandaia, molti anni fa, andò un giorno a portare la biancheria che aveva lavato: e tirava un vento da sollevare i sassi. La lavandaia prese freddo, si sentí male. Appena a casa prese un pane e una bottiglia d'olio, e disse alla figlia: – Me ne vado all'ospedale: qui c'è olio e pane per mangiare.

Chiuse la porta a chiave e andò all'ospedale, dove la prese la gran febbre. Allora chiamò il confessore, si confessò, gli diede le chiavi della casa e gli disse: – Padre mio, ho una figlia tutta sola!

Il confessore disse: – Penserò io a lei, non dubitare: la porterò a casa mia, e starà con mia madre e mia sorella –. La lavandaia morí, ma il confessore si dimenticò della faccenda, perché chiave da sola non tintinna, e cosí venne il sabato, e la madre del confessore, cambiandogli la veste, trovò la chiave, e disse: – Figlio, cos'è questa? – E il prete: – Oh, me lo sono dimenticato! – e corse alla casa della lavandaia, e l'aprí. E la ragazza: – Madre! Sei tornata! – E lui: – No, tua madre è a casa mia. Vieni anche tu.

La ragazza gli corse dietro, e arrivata alla casa del

prete gridò: – Madre! Madre! – E allora la mamma del prete le disse: – Figliola, tua madre è coi santi: consolati e porta pazienza –. La ragazza invece si disperò: voltò la faccia e corse via per la campagna, e corri, e cammina, venne sera, ed ecco un palazzo tutto coperto di panni neri, a lutto, sul portone e le finestre. Entrò, e c'era una gran sala. Andò avanti, e vide la cucina, piena di ogni bontà. Va avanti, e trovò delle camere, tutte in disordine.

Allora la ragazza prese una scopa e cominciò a pulire, e a spolverare, e a sbattere materassi, e cambiare la biancheria, e il palazzo divenne pulito come la casa del vento. Poi entrò in cucina, prese una gallina, e si preparò un brodo buono, giacché aveva fame. Poi salí in camera, e si nascose.

A mezzanotte precisa, ecco una voce da fuori: – Oh, le mie tre belle corone! Oh, le mie tre belle corone! – La voce si avvicina, ed entra una donna. Dice: – Guarda che bella pulizia! Guarda che bell'ordine in casa! Venga fuori chi l'ha fatto! Se è un uomo lo prendo per figlio, se è una ragazza la benedico!

Allora la ragazza uscí dal nascondiglio e si presentò, e la donna le disse: – Sii benedetta, figliola: resta qui con me. Io al mattino esco a cercare le mie belle tre corone, tu sarai la padrona in questa casa. Quelle sono le chiavi, fai quello che ti pare.

Un giorno, quando è sola, la ragazza se ne va in giro per il palazzo, vede una porticina, trova la chiave, la apre, e ci sono tre bei giovinetti: stanno con gli occhi aperti, ma senza vita. La ragazza chiuse la porta, e disse: – Aveva ragione, la signora: ecco i suoi tre figlioli –. E quella sera, tornando, la signora disse: – Le mie belle tre corone! Le mie belle tre corone! – E poi benedisse la ragazza per il bene che le stava facendo.

Un altro giorno, la ragazza era alla finestra, e guardava il giardino con un po' di tristezza: ed ecco vide una serpe con tre serpentini. Poi arrivò un'altra serpe e li ammazzò tutti e tre, mentre la serpe-madre si torceva di qua e di là per il dolore. Poi la serpe-madre andò, colse un'erba, e strofinò un serpentino: era morto, ritornò vivo. Strofinò il secondo: uguale, e anche il terzo.

La ragazza, che aveva visto tutto, gettò una pietra alla serpe assassina, poi scese in giardino, andò a cogliere un po' di quell'erba, ritornò in casa, e strofinò con quella il primo dei giovinetti: era morto, ritorna vivo, e dice: – Sorellina, mi dai la vita! – Allora la ragazza corre in cucina, ammazza una gallina, fa del buon brodo, e lo porta al giovinetto, poi lo mette a letto, e strofina gli altri due, e quelli tornano vivi, bevono il brodo, e via a letto come il primo.

Dormi e dormi, si vede che erano stanchi: quando si svegliarono chiesero: – Dov'è l'Imperatrice? – Allora lei: – Ah, è un'Imperatrice! State qui, la vado a cercare!

Alla sera torna la signora: – Oh le mie belle tre corone! Oh le mie belle tre corone! – La ragazza le andò accanto, e si mise a chiacchierare, e fra questo e quello le chiese: – Perché Vostra Eccellenza va sempre fuori casa?

– Ah, figlia mia, per cercare le mie belle tre corone!

– E chi sono queste tre corone?

– Devi sapere, figliola, che io avevo marito, e tre figli maschi: e quei tre figli mi sono spariti, e io li vado a cercare.

Allora la ragazza sbatté l'aria col grembiule e disse: – Vostra Eccellenza non esca piú: i suoi figlioli glieli farò trovare io!

– Per quanto non devo uscire?

– Otto giorni.

– E per otto giorni non uscirò –. E in quel tempo, la ragazza cosa faceva?

Senza farsi vedere dalla signora, dava da mangiare ai figlioli, e poi serviva lei, la pettinava, la vestiva, la ornava, dicendole che doveva essere pronta per il ritorno dei figlioli: e intanto quei tre, sani e colorati, le spiavano dalla porta, ma non si facevano vedere.

Passati quattro giorni, la ragazza disse: – Prepariamoci, Vostra Eccellenza: domenica arrivano i suoi tre figli! – L'Imperatrice piangeva dalla gioia e di speranza, e mandò la ragazza a invitare tutti i signori e le signore che conosceva a palazzo, e di-

ceva: – Se me li fai davvero trovare, figliola, il piú grande sarà tuo marito!

Arriva l'ottavo giorno, arrivano gli invitati, i signori, i cavalieri, la fanteria, tutta la corte dell'Imperatrice. – Ma dove sono i tre figli? – si sentiva dappertutto. L'Imperatrice fece vestire la ragazza di un vestito mai visto, e la prese a braccetto, e la mostrava a tutti. – Ma dove sono i tre figlioli? – si sentiva.

Ed ecco, si apre una porta, e appaiono i tre figlioli: immaginate che gioia! La banda si mette a suonare, e arriva di corsa il cappellano per fare il matrimonio della ragazza e del figlio piú grande, che era anche lui Imperatore. E si fecero delle nozze tanto grasse, che cosí mai se ne è viste: ma a me toccò succhiare un porro triste.

La vecchia nell'orto

In un anno di magro raccolto, due comari si dissero nell'orecchio:
– Andiamo a prendere qualche cavolo in quell'orto?
– Ma se c'è qualcuno di guardia?
Una si affacciò, e vide che non c'era nessuno. Allora le due donne entrarono nell'orto, e presero due fasci di cavoli maturi, e se ne andarono a mangiarseli. E siccome erano buonissimi, e non erano costati niente, il giorno dopo tornarono a prenderne altri due fasci, e cosí avanti.

Quando la padrona dell'orto andò a vedere le sue proprietà, scoppiò la lagna: – Cielo amarissimo, qualcuno me li mangia tutti! Attaccherò un

cane alla porta, e quando verranno i ladri faranno la conoscenza...

Il giorno dopo, ricomincia la musica delle due donne:
– Andiamo all'orto, a prender cavoli?

– Ma non hai visto che c'è un cane occhi-di-diavolo?

– Poco importa: compriamo una crosta di pane secco, e gliela tiriamo: poi faremo quello che vorremo! – Cosí fecero: prima che il cane si mettesse ad abbaiare gli lanciarono il pane secco, e quello zitto zitto a mangiarselo, e loro presero i cavoli in pace.

Quando tornò la padrona, e vide il fatto, disse la sua opinione alla bestia: – Ah, glieli hai lasciati prendere, cane-marrano, cane-ciuco! Non sei buona guardia, vattene! – E alla porta legò un gatto, e si nascose in casa, aspettando che quello facesse «miao, miao», per correre fuori a benedire i ladri di cavoli.

Il giorno dopo: – Comare, andiamo a cavoli?

– Ma c'è il gatto!

– Il gatto? E che importa? Adesso ti spiego come faremo... – Dopo la spiegazione, fecero: portarono un soldo di polmone, e prima che il gatto facesse miao miao glielo gettarono, e lui accettò, e zitto mangiò, e loro colsero cavoli con onore.

La vecchia, quando vide il fatto, spaccò la testa al gatto, e poi: – Ora ci metto un gallo: questo lo sentirò, e verrò a parlare con i ladri della mia roba... – E ci mise un gallo di cresta alta.

Il giorno dopo: – Andiamo a cavoli, comare?

– E quel gallo crestaiolo?

– Ora t'insegno... – Poi presero del becchime, lo gettarono al gallo, e mentre lui beccava quello, loro presero i cavoli con le belle maniere. Poi, quando furono andate, il gallo fece «chicchirichí!» Venne la padrona di corsa, e vide che i ladri glie-l'avevano fatta ancora: tirò il collo al guardiano e lo mangiò, ma le andò di traverso.

Allora chiamò un contadino e gli disse: – Pietro, scava una buca lunga come sono io.

– Fuori del cimitero? – chiese quello. – La mano ti paga, la bocca non spiega, – lei disse, e il contadino scavò. Allora la vecchia entrò nella buca, e si fece ricoprire di terra, tranne l'orecchia destra, che restò all'aria.

Il giorno dopo, visto che non c'erano bestie a fare la guardia, le due vecchie vennero a prendere cavoli, e tornando indietro videro l'orecchia. – Guarda che bel fungo rosato, – disse una, e si chinò, e tira tira, con uno strattone cavò la vecchia fuori, che già strillava: – Ah, siete voi che mi tosate l'orto! Ora vi spiego i numeri dispari!

Le due scapparono, ma una era gravida e pesante, e la vecchia l'acchiappò, e le disse: – Adesso ti mangio viva! – E quella: – No, per favore: prometto che, quando chi mi nasce avrà sedici anni, lo manderò da te, e sarà tuo! – La vecchia ci pensò, e poi la lasciò andare, dicendo: – Mangiati questi cavoli, ma ricorda la tua promessa!

La poveretta andò a casa, e raccontò all'altra della sua promessa, e quella rispose: – E io che ci posso fare?

Dopo due mesi nacque una femminella, e la madre l'accarezzava e piangeva: – Ah, poverina: adesso ti do la mammella, ma prima di essere donna sarai mangiata… – E per anni e anni si tenne quel dolore.

Quando la ragazzina ebbe sedici anni, uscí per prendere dell'olio, e incontrò la vecchia che la guardò e disse: – Bella carne, di chi sei figlia?

– Della Sabedda, signora anziana.

– Allora, quando torni a casa, dille questa sola parola: «la promessa». Intanto pigliati questi fichi dolci, e ingrassa con gioia…

La ragazzina tornò a casa. – Madre, quella vecchia dei campi mi ha detto di dirti questa parola: «la promessa» –. La donna scoppiò a piangere. – Madre, perché piangi?

– Niente, niente. Ma se domani incontri quella

vecchia, dille queste parole: «Comare, quel che è promesso, prenditelo adesso».

La ragazzina, il giorno dopo, andò per l'olio, e incontrò la vecchia. – Che disse tua madre? – le chiese quella.

– Disse di dirti: «Comare, quel che è promesso, prenditelo adesso».

– Allora vieni con la nonnina, figliola, che ti darò tante belle cose –. E la vecchia prese la ragazza, la chiuse in casa e le disse: – Mangia quello che c'è, che piú ne mangi, piú io sono contenta!

Dopo un po' di tempo, la vecchia tornò per vedere se era ingrassata, e per un buchino della porta disse: – Bella di dentro, porgimi il ditino! – La ragazzina, nata furba, prese un topo, gli tagliò la coda e passò la coda dal buchino. – Ma come sei magra, figlia mia: mangia, mangia, per la tua nonna, fammi felice!

Passò altro tempo, torna la vecchia. – Esci, figlia mia, fatti guardare! – Quella esce, e la vecchia, fregandosi le mani: – Che ciccia d'oro sei! Vieni, andiamo al forno a fare il pane!

– Va bene, nonna, il pane lo so fare!

Vanno al forno, e quando il pane è impastato, la ragazza accese il forno e poi lo ripulí per bene. Disse la vecchia: – Metti il pane, bellina di bocca! – A quel punto la ragazza crucciò la fronte, e disse: – Ma io non so infornare! Io so impastare, io so accendere il forno, e lo so pulire come si deve, lo hai visto: ma infornare no, mi sono scottata quando ero piccola.

La vecchia disse: – Inforno io, tu passami il pane –. E infornò, e poi: – Ora prendi il lastrone, che chiudiamo il forno.

– Ma io non so portare il lastrone, nonna: è troppo pesante!

– E allora lo prendo io! – Ma appena la vecchia si chinò per prendere il lastrone, la ragazza le diede una testata da montone nel sedere e la mandò nel forno, poi sollevò il lastrone e lo chiuse, e quella dentro finí subito di strillare.

Allora la ragazza tornò a casa, e la madre gridò:
– Gesú, sei viva?
– Dovrei essere morta? – disse la ragazza, e l'abbracciò, e le raccontò ogni cosa, poi andarono alla casa della vecchia, e ci rimasero da padrone. E avevano sempre la pancia piena: io, invece, se ho pranzo non ho cena.

L'argentiere

Una vedova aveva due figli maschi e una femmina: i maschi la mantenevano col loro lavoro. Un giorno, per svagarsi, i figlioli andarono a caccia, e tornarono a casa con un uccello mai visto: aveva sette colori nelle piume e una corona di penne in testa.

– Mamma, tienilo in gabbia: e attenta che non scappi! – dissero i figli, e lei gli diede da mangiare le cose che gli uccelli mangiano. Il mattino dopo, quando andò a pulire la gabbia, invece di quel che si aspettava, trovò perle, diamanti, pietre preziose. Aprí la bocca per lo stupore, e poi la richiuse, e andò con quelle bellezze da un gioielliere.

– Quanto mi dai per questa roba? – gli domandò.

Quello guardò, scrutò, pesò, e poi disse: – Trecento monete.

– Dammi quelle, e tieniti questi, – disse la donna, e tornò a casa col gruzzolo che le ballava in tasca.

Il mattino dopo, nella gabbia, altro bello spandimento di diamanti, brillanti, perle finissime. La donna andò dal gioielliere e glieli vendette, e lo stesso avvenne il terzo giorno, e il quarto: finché il gioielliere, curioso di quella ricchezza, le domandò: – Mia buona comare, come fate ad avere queste belle cose? – E lei gli disse che aveva un uccello cosí e cosí, e che le faceva quel bendidio ogni mattina. E il furbone: – Davvero? E di figlie femmine, ne avete?

– Ma sí, una –. E l'argentiere, nel discorso: – Io sono scapolo, e cosí triste: non mi dareste in moglie la vostra figliola?

– E perché no? – disse la buona donna.

Passò una settimana, e le nozze furono fatte. Intanto la donna non diceva niente ai suoi figli delle pietre preziose. E l'uccello sempre ne faceva, ma il gioielliere, che aveva sperato di riempirsene le tasche, non ne vedeva nemmeno l'ombra. Una mattina, spinto dai diavoli dell'invidia, prese l'uccello e gli fece la festa.

Quando la vecchia vide la cosa, si mise le mani fra i capelli, e piangeva: – Ora dove mi nascondo? Quando tornano i miei due figli, mi appenderanno per la gola! – E l'argentiere consigliò: – Quando verranno, suocera cara, di' che è stato il gatto a ammazzare l'uccello. E per consolarli, vai al mercato a prenderne uno uguale, e mettilo nella gabbia.

Lei cosí fece, e quando tornarono i figli, e le chiesero come stava l'uccello colorato, lei disse: – Il gatto della vicina ce l'ha stecchito: ma ne ho preso uno al mercato, che ha colori belli come i suoi, e l'altro è in pentola che bolle!

I figli gridarono di rabbia, rovesciarono le sedie e il tavolo, e andarono in cucina: uno, il maggiore, mangiò la testa dell'uccello morto, il minore il fegato: poi se ne andarono via sbattendo la porta.

Cammina cammina, i due fratelli arrivarono alle mura di una grande città. Ma prima, il maggiore andò in un cespuglio, a fare un bisogno di corpo: fece, sentí strano, guardò, e di dietro c'era una borsa piena d'oro. Allora la prese, ed entrò nella città: ma appena dentro le guardie dissero: – Tu, fermo!

– Perché?

– Chi entra primo stamattina, deve essere re! – E fu fatto re.

Intanto il secondo fratello entrò in città, e non trovava piú l'altro: cerca qui, cerca piú avanti, entrò in una locanda, a chiedere: e dato che sentiva bisogno di scaricamento, andò nel posto, e fece, e sentí strano, e guardò: ed eccogli un mucchietto d'oro e d'argento che luccicava, bello bello. Cosí prese bei vestiti, bella casa, bei pendagli, catene, spille, e si fece cavaliere, una delizia da guardare.

Davanti a lui stava una ragazza, con una vecchia cameriera: i due giovani si misero a far chiacchiere, e smorfie, e poi si fidanzarono. E lui spendeva e gettava, e lei moriva di curiosità, e gli limava le orecchie con moine e domande, finché quel ciucciolone le rivelò il segreto, e lei lo disse alla vecchia, che consigliò: – Fatti venire un finto mal di pancia, e digli che vuoi bere l'acqua di Montepellegrino. Quando te la porta tu fingi di berla, ma non la bevi: invece ci cuoci il cibo per lui: cosí lui vomiterà il fegatello miracoloso, e tu lo mangerai, e produrrai tanto oro da far felice il mondo…

Allora, le cose andarono proprio cosí: e la ragazza faceva fortuna, mentre il giovanotto impoveriva, e intristiva, e arrivò a minacciare di ucciderla, se lei non gli ridava quel fegatino di gallo.

La ragazza cercò consigli dalla vecchia, ed ebbe questo: – Fagli mangiare una certa erba che c'è nel prato della fontana rossa: diventerà un asino, e raglierà al vento.

Il giorno dopo, la ragazza suonò questo violino: – Giovanni mio caro, perché sei cosí freddo con me? Tu sei un po' arrabbiato, ma io ti voglio il solito bene. Vieni, andiamo in gita alla fontana rossa, che oggi splende il sole piú del solito… – E lui ci andò, e lei raccolse l'erba, e fece per lui un'insalata, lui la mangiò: ed eccolo fatto ciuco, e ragliava al vento. Lei lo lasciò lassú: ma la fortuna gli mise sotto il muso un'altra erba magica, e mangiandola ritornò giovanotto.

– Adesso la vediamo, – disse: e raccolse un po' di quell'erba che fa somari, e un po' di quella che fa cristiani, e partí, e tornò alla locanda.

Lei lo vide, e stava per morire dallo spavento, ma lui le disse cose tenerelle, e lei gli credette. Dopo due giorni, lui le fece un'insalata di quell'erba, lei la mangiò, e divenne somaro femmina.

Lui le fece bere nella vasca l'acqua di Montepellegrino, e il fegatello incantato fu vomitato, e ritornò nello stomaco del giovanotto: e cosí l'oro usciva da lui come prima.

Quanto all'asinella, con una cavezza portava farina al mulino, e scacciava mosche con la coda.

Un giorno, passando sotto la sua casa, ragliò da piangere. La vecchia cameriera la riconobbe. Disse: – Povera mia padrona! Ci penso io! – Andò al palazzo reale, e raccontò tutto al re, che fece chiamare il mugnaio, e finse di non riconoscerlo come fratello.

– O tu, perché hai cambiato in asina questa ragazza?

– Ah, sua maestà non sa... – e il giovanotto raccontò il fiume delle sue disgrazie.

– Ma tu, non mi riconosci? – disse alla fine il re.

– No, maestà.

– Ma non vedi che sono tuo fratello?

– Tu! Fratello mio! – E baci, e abbracci, immaginatevi quanti.

Alla fine di tutto quel festeggiamento, disse il re: – Ora facciamo giustizia, va' a prendere l'erba che guarisce –. Il giovanotto obbedisce, va, torna, l'asinella mangia, ed eccola ancora ragazza: ma stavolta tutta pentita per quello che aveva fatto.

– Allora sposati il mio fratello, e tanta felicità, – disse il re, e mandarono a chiamare la madre, e vissero da re e da principi nel gran palazzo, e mangiavano la mattina e la sera: e piú mangiavano e piú ce n'era.

Niccolino

Un re aveva tre figli di piú di vent'anni. Un giorno sedette sul trono e li chiamò: – Figlioli, sono vecchio e stanco: uno di voi deve fare il re. Ma non voglio che litighiate: ecco tre scatole con della lana da filare. Portatele alle vostre fidanzate, e fra tre giorni, quella che l'avrà meglio filata sarà regina, e il fidanzato sarà re.

Il piú grande prese la scatola e andò dalla fidanzata, e il secondo fece la stessa cosa. Ma Niccolino, il piú giovane, la fidanzata non l'aveva: mise la scatola sotto il braccio e andò a passeggiare tutto triste in un prato vicino al palazzo, lungo un fosso fresco, e quando fu stanco si mise a sedere su un sasso, appoggiò la scatola a terra, e diceva: – Le ragazze non mi guardano, si vede che sono brutto davvero! Che cosa farò, fra tre giorni? I miei fratelli porteranno lana filata, e io la riporterò come papà me l'ha data!

Ed ecco sentí un solletico al piede: guardò, e c'era una ranocchia.

– Cos'hai Niccolino? – disse la ranocchia. – Perché sei cosí triste?

Lui raccontò tutto, e lei: – Lasciami la scatola, Niccolino, torna fra tre giorni, e di' queste parole:

Botta botta melagrana,
fila fila la tua lana,
e filare o non filare,
dopo ti vorrò sposare.

Niccolino disse: – Mi prendi in giro? Come filerai con quelle zampine?
– Non ti preoccupare: vedrai! – rispose la rana.
Cosí lui lasciò la lana, e tornò dopo tre giorni, e pensò e ripensò, e ricordò quelle parole:

Botta botta melagrana,
fila fila la tua lana,
e filare o non filare,
dopo ti vorrò sposare.

Arrivò la rana: – Ecco qua, Niccolino, ho appena finito! – e gli diede una noce.
– Come, io ti ho dato uno scatolone di lana e tu mi dai una noce?
– Fidati, Niccolino: se ho detto che ti aiuto, ti aiuterò. Porta la noce al re: ma attento, solo lui la deve aprire!
Niccolino tornò al palazzo: c'era una gran festa, con re e principi dei regni vicini, e anche principesse e regine, e marchesi e baroni, con tutti i ser-

vitori. Erano venuti a vedere chi sarebbe stato il nuovo re.

Il vecchio re chiamò il figlio piú grande, che arrivò con una scatola grandissima, quasi non passava oltre la porta; la mise davanti al trono e l'aprí: che meraviglia! La lana era tantissima, morbida morbida. Il re la toccò: – La tua fidanzata ha lavorato bene davvero! – disse, e poi chiamò il secondo figlio, che portò una scatola ancora piú grande; per farla entrare dovette spingere, insieme a due baroni e due conti, e davanti al trono l'aprí, e ne uscí una grandissima massa di lana, morbida come seta.

– Che bel lavoro! Complimenti! – disse il re, e chiamò Niccolino, tutto rosso in faccia, con la noce in mano.

Gli invitati cominciarono a ridere, ma il re disse: – Silenzio! Niccolino, cos'hai portato?

Niccolino gli diede la noce. Il re corrugò la fronte e piano piano ruppe il guscio: dentro c'era un filino fine come tela di ragno. Il re lo tirò, e tira, tira, tira, ne uscí tanta lana che riempiva l'intero salone, con tutti i nobili persi nel bianco come canditi nello zucchero filato, e poi la lana uscí dalle porte e dalle finestre, in tutto il giardino, e poi uscí dai cancelli, per tutta la città, e i cittadini sembravano noccioline nella neve. Allora Niccolino si spaventò e disse: – Mamma mia, ma non finisce mai?

E allora il filo finí, e il re, sprofondando nella lana, si fece avanti e disse: – Senza dubbio ha vinto Niccolino, perché questa lana non solo è maggiore, ma anche migliore: lui sarà re, e regina la sua fidanzata, che cosí bene l'ha filata!

E Niccolino pensò: «Che faccia faranno quando porterò qui la ranocchia?» e tutto triste andò al sasso, e disse:

*Botta botta melagrana,
fila fila la tua lana,
e filare o non filare,
dopo ti vorrò sposare.*

E la ranocchia saltò fuori.

– Niccolino, andava bene la filatura?
– Anche troppo: ora ci dovremo sposare!

La rana gli saltò sulla testa, sulle spalle, sulle gambe, sembrava matta, e disse: – Torna fra una settimana, Niccolino, e sarò pronta a sposarti!

Lui se ne andò, ma quella settimana, di notte, non chiuse occhio, mentre al palazzo c'era un gran daffare a preparare vestiti, cibi, musiche, canti, danze, giochi per la grande festa di nozze. Niccolino non dormiva, e neanche mangiava.

Il giorno del matrimonio si alzò, si vestí da sposo e andò al sasso: e la ranocchia era lí, pronta, tutta vestita di verde con un velo verde in testa, su una carrozza di foglia di fico tirata da quattro lumache. Ma le lumache erano cosí lente che a ogni passo Niccolino si fermava ad aspettare. A un cer-

to punto, siccome aveva fatto due passi avanti, si fermò sotto una quercia, la carrozza di fico non arrivava, lui s'addormentò. Quando si svegliò, cercò la ranocchia e le lumache, ma non le vide.

– Rana, ranocchia, bisogna andare a sposarci! – gridò Niccolino, cercando fra i cespugli, nell'erba, sotto gli alberi: niente, non c'era. All'improvviso vide, nel bosco, un luccicare. Si avvicinò: c'era una carrozza d'oro, con quattro stupendi cavalli bianchi, e dalla carrozza scese una ragazza bella come il sole, vestita di verde.

– Chi sei?
– Sono la rana!

Niccolino era a bocca spalancata.

– Vedi, Niccolino, – lei disse, – una strega invidiosa della mia bellezza mi trasformò in rana, finché un giovanotto mi volesse sposare, – e gli mostrò una scatolina, con dentro la pelle secca della ranocchia, e quattro gusci di lumaca. Allora lui l'abbracciò contento, e andarono al palazzo. Immaginate che meraviglia quando tutti videro la carrozza e la bella sposa, mentre i due fratelli stavano in un angolo pieni d'invidia. Il re disse: – La lana meglio filata, la piú bella fidanzata: lei sarà regina, e Niccolino re!

E cosí tutti furono felici, soprattutto gli sposi, tranne i due fratelli, brutti invidiosi.

La gallina secca

C'era una gallina secca secchina. La padrona le dava da mangiare granturco, zuppa di pane, tante cose buone, ma la gallina non diventava grassa.
– O gallina, che aspetti a ingrassare?
– Faccio quel che posso, padrona!
– E domani ti tiro il collo, per un po' di brodo!
– No, per pietà! Mandami in montagna: con l'aria fresca e l'acqua buona mangerò l'erba, sarò contenta, ingrasserò!
– Va bene, vacci: ma in autunno torna bella grassa, pronta a covare, o il collo tirerò e il brodo farò.
La gallina partí: ai piedi della montagna, dietro un albero, c'era una volpe.
– Gallina secchina, ti voglio mangiare!
– No, vedi? Sono tutta ossa! Quando torno dalla montagna, sarò grassoccia, e mi mangerai!
– Ti aspetterò.
La gallina salí in montagna: aria fresca, acqua buona, piante, erba tenera; raspò, beccò, tutta contenta, cominciò a ingrassare. Fece anche le uova, e nacquero dodici pulcini, che rasparono, beccaro-

no, e diventarono grassocci, con la loro crestina rossa. Ma ecco, dagli alberi cominciarono a cadere le foglie, e si sentí il tuono.

– È autunno, bisogna tornare a casa, – disse la gallina. – Ma prima, vedete quel campo di paníco, con gli spennacchi? Ognuno di voi, tranne il piú piccolo, prenda nel becco uno spennacchio, e non dica niente, penso a tutto io.

Cosí scesero in fila, la chioccia davanti, i galletti dietro con un pennacchio in becco, tranne l'ultimo, il piú piccino. La volpe, che aspettava, si leccò il muso, e quando furono vicini saltò fuori: – Finalmente! Vieni, gallina, che ti mangio per prima! Ma chi sono questi bei galletti, e cos'hanno nel becco?

– Sono figli miei, e nel becco hanno la coda delle undici volpi che abbiamo incontrato venendo giú dalla montagna: ognuno ne ha mangiata una, e la coda è per ricordo.

– E quello piccino, perché non ce l'ha?
– Sta aspettando la tua: è il piú feroce di tutti!

La volpe corse via come il vento, e la gallina e i galletti tornarono a casa, e la padrona fu cosí contenta che disse: – Gallina grassa, ti terrò sempre, con tutta la famiglia!

Cosí fu, davvero, come l'inchiostro è nero.

Il tesoro

C'era una volta una matrigna che trattava bene sua figlia Bastiana, e male Serafina, la figlia di suo marito.

Serafina aveva un cuore d'oro e non si lamentava mai quando la matrigna e la sorellastra le facevano fare tutti i lavori di casa.

Ma la matrigna, non contenta, parlava sempre male di lei al marito:

– Serafina è una fannullona, non obbedisce mai, risponde sempre con sgarbo! – e dai e dai, ogni sera, finché lo convinse a mandare via di casa la ragazza.

Cosí, una mattina, triste triste, Serafina partí: ma prima di andare in città a cercare un lavoro, passò a salutare la nonna, che stava in una casetta lí vicino.

La nonna l'abbracciò e disse:

– Vorrei aiutarti, cara nipote, ma ti posso dare solo tre cose: prendile, potranno essere utili in futuro –. E le diede una scopa rovinata, un pezzo di corda e una crosta di pane. La ragazza mise tutto nel fagotto, e se ne andò.

Cammina cammina, arrivò su una strada di campagna dove c'era un pozzo, e una donna con la testa nel pozzo, che si lamentava, e tirava su un secchio pieno d'acqua attaccato alla treccia.

– Perché tiri su il secchio con la treccia? – chiese Serafina.

– Perché ho un marito crudele, che non vuole comprare la corda: ma fra poco dovrà comprare la bara, l'avaraccio, perché sento che morirò!

Serafina allora levò dal fagotto la corda e gliela diede, e la donna, contenta, la portò a casa sua, le offrí da mangiare e la fece riposare, e poi si dissero addio.

Cammina cammina, Serafina arrivò vicino a una casa, e sentí un'altra donna che si lamentava, seduta sulla soglia con le mani bendate, a piangere forte.

– Che cosa ti è capitato, buona donna? – chiese Serafina.

– Ho un marito crudele, che mi fa pulire la stufa ancora calda con le mani, perché non vuole comprare spazzola o scopa: ma fra

poco dovrà spendere per il mio funerale, quel taccagno!

Serafina prese la scopa della nonna, e gliela regalò.

– Grazie, grazie, – disse la donna. – Se avrai bisogno di qualcosa, chiedilo a me.

Cammina cammina, Serafina arrivò a un frutteto, dove c'era un ciliegio cosí carico che i rami stavano per spezzarsi: allora la ragazza, per pietà, scrollò i rami e liberò l'albero dal troppo peso, e mise anche degli stecchi sotto i rami piú carichi.

L'albero disse: – Grazie, figliola, ora sto meglio: se avrai bisogno di aiuto, vieni da me.

La ragazza andò avanti: ma poco dopo vide su una staccionata una pianta di zucca cosí carica che stava per schiantarsi: e Serafina staccò le zucche piú pesanti e le appoggiò al suolo.

– Grazie, figliola, – disse la pianta. – Dove stai andando?

– Vado in città a cercare lavoro.

– E perché non lavori a casa tua?

– Perché la matrigna e la sorellastra mi hanno scacciata.

– Vienimi piú vicino, – disse allora la pianta di zucca, e Serafina abbassò la testa. – Ascolta: vedi quella casa bruna, là sotto la roccia? Ci stanno tre streghe, e una di loro stasera si sposa. Sotto il suo letto c'è una cassa di denaro: è il regalo delle sue sorelle. Quello è denaro rubato, meglio che l'abbia tu, ragazza di buon cuore. E ascolta ancora: là c'è un cagnaccio affamato, ma se gli dai del pane si calmerà…

Serafina disse grazie e s'incamminò, e vicino alla casa bruna si nascose in un cespuglio, ad aspettare il buio.

Quando il buio venne, si avvicinò, aprí il cancello: ed ecco il cagnaccio, pronto a saltarle addosso, ma lei gli gettò il pane della nonna, e il cane si quietò.

Piano piano, Serafina passò davanti alla cucina, e sentí voci e risate e rumore di piatti e di bicchieri, salí le scale, trovò la camera della strega sposa e la cassa di denaro sotto il letto, la prese, scese le scale, uscí dalla porta e dal cancello, e corse via, fino alla pianta di zucca, che le disse:

– Sento il cane che abbaia, perché ha finito il pane: le streghe si sono accorte, corri dal ciliegio, che ti nasconderà!

La ragazza andò dal ciliegio. Ecco

che arrivano le streghe e chiedono alla pianta di zucca: – Zucca, hai visto passare qualcuno con una cassa?

– Nessuno è passato, verità di zucca! – rispose quella.

Allora le streghe andarono dal ciliegio:

– Ciliegio, hai visto passare qualcuno con una cassa?

– Nessuno è passato di qui, verità di ciliegio! – disse il ciliegio: e invece Serafina era nascosta in un gran buco del tronco.

Le streghe allora tornarono a casa a riposare, e intanto Serafina lasciò il ciliegio, passò dalla donna della scopa, e poi da quella della corda, sulla strada di casa sua.

Al mattino le streghe si rimisero a cercare, e passarono dalla donna della scopa.

– Hai visto passare qualcuno con una cassa?

– Nessuno nessuno, com'è vero che una scopa spazza!

E piú avanti, all'altra: – Hai visto passare qualcuno con una cassa?

– Nessuno nessuno, com'è vero che una corda tira!

Insomma, le streghe non la trovarono, e tornarono a casa molto arrabbiate.

Intanto Serafina arrivò dalla nonna, che l'abbracciò con gioia, e le due rimasero insieme nella casetta, a vivere in buona pace.

Ma dopo un po' di tempo, la matrigna venne a sapere che Serafina era dalla nonna: ci andò, e domandò, e ridomandò, e Serafina fu tanto buona da raccontare tutta la storia.

Allora la matrigna pensò:

«Voglio che la mia Bastiana abbia la stessa fortuna!»

Chiamò la figlia, le diede una pagnotta di pane fresco, una spazzola di ferro nuova e una corda lunga, e la spedí per la strada. Poi si mise seduta sul balcone, a immaginare come avrebbe speso i denari che la figlia avrebbe portato.

Cammina cammina, a Bastiana venne fame, e si mangiò la pagnotta tranne un pezzettino. A quel punto vide la donna con la testa nel pozzo, e cominciò a dire, girandole attorno:

– O bella gobbina, ti sono caduti gli occhi nel pozzo? O bella stortina, ti è caduto il naso laggiú?

La donna piangeva, perché la corda vecchia di Serafina si era spezzata, e doveva usare ancora la treccia, e chiese aiuto a Bastiana, ma Bastiana disse: – Questa corda è mia, e me la tengo! – E se ne andò.

Poco dopo, ecco la casa della donna che piangeva, perché la scopa vecchia di Serafina si era consumata, e avrebbe dovuto ricominciare a spazzare con le mani, ma Bastiana disse:

– Vuoi la mia spazzola di ferro? E continua a volerla, perché la tengo per me!

Bastiana, anche se camminava piano, arrivò verso sera alla casa delle streghe, senza nemmeno fermarsi all'albero delle ciliegie, né alla pianta di zucca, che erano carichi di nuovo.

Quando arrivò alla casa, buttò il pezzettino di pane al cane, salí le scale, aprí la prima porta, e niente sotto il letto, aprí la seconda porta, e trovò una cassa, la prese e la trascinò giú per le scale facendo un gran baccano. Ma il cane, che aveva finito il pane, abbaiava, e le streghe si accorsero di lei e cominciarono a correrle dietro.

Bastiana era robusta, e portava bene la cassa: arrivò dalla donna della spazzola e disse:

– Cara donna, prendi la mia spazzola, prendila!

La donna, che era di buon cuore, la fece nascondere sotto il letto, e quando le streghe le chiesero se aveva visto passare una con una cassa, disse: – È andata da quella parte!

Cosí Bastiana uscí e corse fino alla casa della donna della corda, e le disse:

– Buona donna, prendila adesso la mia corda!

La donna, che era gentile, nascose cassa e ragazza nel porcile: quando le streghe passarono di lí cercarono dappertutto, ma non nel porcile, e se ne andarono via arrabbiate.

Però una di loro non era arrabbiata, e se le rideva sotto il brutto naso. Perché? Ascolta, ascolta, e lo capirai da te.

Bastiana, tutta sporca di porcile, con la cassa sulla schiena, senza dire grazie se ne andò, e andando diceva ad alta voce tutte le cose che avrebbe comprato con il denaro della cassa.

Quando la matrigna, dal balcone, la vide arrivare, le corse incontro, e portarono la cassa in cucina, e con un martello ruppero il lucchetto: e cosa c'era dentro? Due o tre centinaia di palle di sterco d'asino, che aggiunsero la loro puzza a quella della Bastiana: ecco perché la strega se la rideva, e chi ha ascoltato lo ha imparato.

Insomma, dovettero lavare la casa cinquanta volte, e Bastiana si dovette lavare cento volte, e dovettero bruciare i vestiti e le tende per non sentire la puzza: ma un pochino ne rimase per sempre, e la sentirono per tutta la vita.

Il re comandino

C'era una volta un re con un figlio bellissimo, che si voleva sposare.

Ma il re diceva: – Io sono il re, comando io: ti sposerai con quella che sceglierò, e quando vorrò!

Il figlio non era solo bello, ma anche generoso, e gli piaceva andare per la campagna, a parlare con i contadini che lavoravano la terra, e ragionare con loro su come migliorare la loro condizione.

C'era in quel regno una famiglia di poveri contadini: una piccola famiglia di padre, madre e una figlia sola, ma tutti bravi a lavorare la terra.

Un giorno erano in un campo abbandonato da molto tempo, e il padre pensò di scavare il terreno piú a fondo, per portare in alto terra piú fertile. Mentre la figlia scavava, urtò con il badile una pietra. Prima pensò che fosse piccola, e sperava di poterla spostare da sola, poi vide che era grande e chiese aiuto al padre. Scava, scava, alla fine riuscirono a toglierla dal terreno, riempirono il buco di terra e caricarono il masso su una carriola.

Era il tramonto, e un raggio di sole colpí la pietra, che si mise a brillare.

– Guarda, papà, sembra una pietra d'oro!
– Cosa dici, ragazza? Portiamola a casa, per guardare meglio.

La portarono a casa e chiamarono amici e vicini, e tutti furono d'accordo che doveva essere d'oro, e fecero i complimenti al contadino che era stato fortunato, e sarebbe diventato ricchissimo.

La notizia andò in giro molto velocemente, e arrivò al palazzo del re.

Il principe, curioso del fatto straordinario, voleva andare a vedere, mentre il re, senza dirlo al figlio, ordinò che si andasse a prendere la pietra d'oro, perché era stata trovata nel suo regno e dunque era sua.

Quando il principe arrivò alla casa dei contadini, c'erano già i soldati del re che volevano la pietra: ma tutti i contadini della campagna si erano messi di fronte a loro, e sbarravano il passaggio.

Il principe andò a parlare con il contadino fortunato, che stava con la figlia e la moglie vicino alla pietra.

– Io sono il principe, ma non temete, – disse guardando la ragazza con ammirazione. – Andrò dal re mio padre e gli parlerò in vostro favore.

E cosí fece, e tanto disse e chiese che il re decise di lasciare in pace quei contadini. Con la scusa di tornare a guardare la pietra il principe andava ogni giorno a visitare quella casa, e a parlare con la ragazza, e i due si innamorarono. Un giorno il principe la chiese in sposa, e lei disse di sí.

Quando, dopo una settimana, disse al padre la sua intenzione, il re si infuriò: – Io sono il re, comando io! Ti sposerai con chi e quando io vorrò!

Il principe lo lasciò sfogare, poi disse: – Padre, se non dai il consenso, io lascerò il palazzo e diventerò contadino.

Il re pensò a lungo, poi disse: – Va bene, ma solo a una condizione: che la ragazza si presenti a palazzo obbedendo all'invito che io le manderò.

Il principe andò dalla ragazza e le disse la cosa, e lei si mise ad aspettare.

Il giorno dopo arrivò un messaggero del re, che disse: – Il re vuole, ordina e comanda che tu venga a palazzo né di giorno né di notte, né a piedi né in carrozza, né vestita né nuda, né sazia né affamata.

La figlia del contadino si mise a piangere, e ripeté l'invito alla madre, che si mise a pensare e disse: – Figlia mia, questo ti consiglio: va a palazzo subito prima dell'alba, quando non è ancora giorno ma non è piú notte. Vacci sul nostro asino, cosí non sei né a piedi né in carrozza, poi sciogliti i tuoi lunghi capelli, cosí non sarai né nuda né vestita. Infine vacci con la pancia vuota, ma con una castagna secca in bocca, cosí non sarai né sazia né affamata.

Cosí fece la ragazza, e andò al palazzo prima dell'alba, sull'asino, coperta dei suoi capelli e con la castagna secca in bocca. Il principe la stava aspettando, le guardie aprirono il portone e fu accompagnata dal re, che disse:

– Hai obbedito ai miei comandi. Ordino che ti portino un bel vestito e un buon caffellatte, e che domani ci siano le nozze.

E cosí finisce la storia dove le pietre erano due: una era quella d'oro, e l'altra era la testa del re.

Il re moro

Un venditore di cicoria aveva tre figlie, e un giorno portò la piú sciocca in campagna. Disse:
– Mentre io colgo la cicoria, siedi su quel trave, e gioca.

Lui andò a raccogliere cicoria, e la figlia raccolse un sasso e cominciò a battere sul trave.

– Fermati! – disse una voce.

La ragazza chiama il padre:

– Sei tu che mi hai detto di fermarmi?

– Io? Io stavo zitto a prendere cicorie! – dice lui, e se ne va.

Lei ricomincia a battere col sasso.

– Fermati, ti ho detto! – dice la voce.

La ragazza pensò: «Mio padre non è stato, qui non c'è nessuno: devo essermelo immaginato!» e riprese a battere.

Ed ecco apparve un moro, che disse:
– Perché non mi ascolti, e continui a battere alla porta di casa mia?
– Io non ho battuto a nessuna porta, – lei disse.
– Devi sapere che il mio palazzo è qua sotto, – disse il moro. – Se tu vuoi venire con me, sarai padrona di tutto quello che ho.
– E se mio padre torna e non mi trova?
– Non ci pensare, – lui dice, e dà una botta in terra col piede: la terra si apre e scendono di sotto tutti e due.

Pensate come rimase la ragazza, quando si trovò in un palazzo tutto d'oro, pieno di meraviglie. Il re moro la prese per mano, e la portò a girare dappertutto, in camere di oro e diamanti, e disse:
– Ora tu sei la padrona, perché sei mia sposa.

Intanto il padre era tornato dai campi, e non trovò la ragazza.

Gira di qua, gira di là, la chiamò, ma lei non rispondeva.
– Di certo è venuta una bestia feroce, e l'ha mangiata, – disse l'uomo, e tornò a casa piangendo.
– Cosa è successo? – chiesero le altre figlie.

Lui raccontò, e giú a piangere anche loro, e non la smisero per una settimana, finché passò una vecchietta, che si fece raccontare la storia.

– E voi credete che vostra sorella sia morta? – disse la vecchia.

– Sí, lo crediamo!

– E io vi dico: se volete vedere vostra sorella viva, state pronte domani a una certa ora, e io vi accompagnerò.

Nel frattempo il re moro, dovendo partire, disse alla sposa:

– Se venisse qualcuno, fa' vedere tutto il palazzo, ma non la camera dove noi dormiamo: quella proprio non la devi far vedere!

– Cosí farò, – lei disse, e si salutarono.

Intanto la vecchina va a prendere le sorelle, le porta vicino a quella trave nel bosco, batte con una bacchetta, e mentre la terra si apre dice:

– State attente: vostra sorella ci porterà per tutto il palazzo, tranne che nella camera dove dorme con il moro. Ma non sarà la camera giusta, finché io vi tirerò la sottana.

Le ragazze scesero, e si trovarono nel palazzo.

La sorella, che stava alla finestra, le vide e scese a riceverle, e si abbracciarono e baciarono, e lei raccontò quello che le era successo, e disse che era felice, e che il marito le voleva bene e la trattava da regina.

– Ci piacerebbe vedere un po' il palazzo, – dissero le sorelle, e lei le portò in molte stanze, tranne la camera da letto.

– Facci vedere la camera dove dormi, – chiesero

le sorelle. Lei le condusse in un'altra camera da letto, ma siccome la vecchia non tirava le sottane, le sorelle dicevano:

– Ci hai fatto uno scherzo! Questa non è la tua camera!

E lei le portò in una seconda camera, e in un'altra, e un'altra, ma quelle non sentivano tirare la gonna, e dicevano:

– Non è questa! Non è questa!

Alla fine la ragazza si stancò, e le portò nella vera camera, dove c'era un letto d'oro, le coperte di broccato, i canterani dorati, e le ragazze si sentirono tirare la gonna, e dissero:

– Finalmente!

A quel punto la vecchia sollevò il materasso e disse alla sposa:

– Vedi quello sportello? Ogni notte, quando tu sei addormentata, il tuo sposo apre lo sportello e sparisce lí sotto.

– E dove va? – chiese la sposa.

– Io non lo so: tu lo devi scoprire, – rispose la vecchia.

– E come posso scoprirlo? – disse la sposa.

– Questa sera, quando tuo marito ti porta la tazza di vino caldo, fingi di berla ma sputala nel vaso sotto il letto, e poi ascolta e vedi.

Poi, dopo saluti e abbracci, le sorelle e la vecchia lasciarono il palazzo.

Torna il re moro, e chiede:

– È venuto qualcuno?
– Sí, tre signore, – lei dice.
– E hanno visto la camera da letto?
– No, non l'hanno vista.
– Molto bene.

Alla sera, il marito portò una tazza di vino caldo, e lei fece finta di berla, e disse:

– Che sonno mi è venuto: buonanotte, – e chiuse gli occhi.

Anche lui si addormentò, e cominciò a russare: lei aprí gli occhi, scese dal letto, si infilò una veste, mise una cintura piena di pietre preziose, prese una lanterna, l'accese, aprí lo sportello e andò di sotto. Alla fine della scala sbucò in una strada piena di gente al lavoro: chi tesseva fasce d'oro, chi panni di broccato, chi costruiva collane, braccialetti, anelli, chi carrozze di lusso: tutte le cose preziose del mondo.

A tutti, lei domandava:

– Per chi preparate queste bellezze?

– Per la moglie del re, se gli sarà fedele, – rispondevano quelli.

E piú avanti, lei chiedeva:

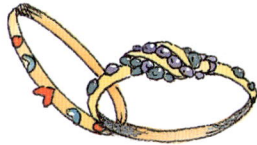  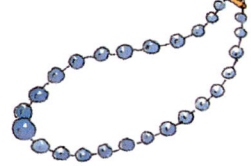

– Per chi è questa bella roba?
– Per la moglie del re, se gli sarà fedele.

A un certo punto arriva un gran soffio d'aria, e la lanterna si spegne.

Impaurita, la sposa si mise in cammino, finché arrivò nella campagna in cui aveva trovato il trave: però, cerca e cerca, il trave non c'era piú. Disperata, riprese a camminare verso non si sa dove, mentre dal cielo cadevano pioggia, lampi e tuoni da far paura.

Cammina cammina, era tutta stanca e bagnata, con il vestito a brandelli, quando vide la luce di una casetta, si avvicinò e bussò.

– Chi è?
– Una povera sperduta, che chiede riparo per la notte!

Un contadino e una contadina aprirono, la fecero scaldare, e le diedero da mangiare. Poi lei si stese e si addormentò.

Al mattino, lei diede al contadino l'anello che aveva al dito e disse:
– Va' a venderlo: con il denaro compra un cavallo, un vestito da uomo e fa' venire un barbiere a tagliarmi i capelli.

Il contadino andò, ma poi tornò, e disse:
– Non sono riuscito a venderlo, perché nessuno è tanto ricco da poterlo pagare.

Allora lei si tolse la cintura e gliela diede:
– Vendi questa, in ogni modo, e anche se non

vogliono dagliela: basta che mi porti quello che ho detto.

Dopo tre ore torna il contadino, con cavallo, vestito e barbiere, piú una gran borsa d'oro.

Tagliati i capelli, vestita da uomo, la sposa monta in sella e parte.

Verso sera arriva a un paese e pensa:

«Bisogna che trovi qualcosa da fare, o finirò i soldi, e allora soffrirò la fame».

Chiede in giro, e viene a sapere che una signora cerca un cameriere. Si presenta, si offre, e comincia il servizio, e siccome è molto brava, la padrona racconta a tutti che quello è il miglior cameriere che si possa avere.

Un giorno una ricca amica, che aveva visto il finto cameriere al lavoro, disse alla padrona:

– Domani offro un pranzo al figlio del re: prestami il tuo cameriere, che è cosí bravo.

Alla fine del pranzo, però, la ricca signora, che si era innamorata del finto cameriere, lo chiamò e disse:

– È troppo tardi perché tu torni dalla tua padrona: resta a dormire qui, ma siccome non ho altri letti, dormi con me.

Il finto cameriere disse:

– Non ci penso nemmeno, signora.

Per la rabbia, la riccona si graffiò la faccia, andò dalla polizia e disse:

– Il cameriere della signora tal dei tali, che ho

chiesto per servire a tavola, ha cercato di dormire con me: e siccome ho rifiutato, mi ha graffiato la faccia!

La polizia credette a questa storia, e arrestò il finto cameriere, che fu condannato al taglio della testa. La povera sposa, chiusa nel carcere, piangeva e piangeva, dicendo: – Avessi obbedito a mio marito, non sarei in questi guai. Se almeno lo potessi vedere un'ultima volta, potrei abbracciarlo, ridargli l'anello e pregarlo di fare del bene a mio padre e alle mie sorelle!

E mentre piangeva e sospirava, sentí un rumore dietro a lei, si voltò, e c'era il re moro in persona. Lei si buttò in ginocchio e disse:

– Se ti avessi obbedito! Ora sono perduta!

– Tu l'hai voluto, io non so che fare, – lui rispose.

– È vero, – disse lei. – Tieni questo anello: lo deve portare solo la tua sposa obbediente, che non sono io!

Il re moro prese l'anello e disse:

– Voglio essere generoso con te: prendi queste tre penne. Quando starai per essere giustiziata, chiedi tre ore di grazia: dopo la prima ora brucia la penna rossa, dopo la seconda la penna nera, dopo la terza la penna bianca –. E sparí.

Arrivò l'ora della morte, e la poveretta fu portata sul palco, dove il boia aveva già pronta la scure.

– Che grazia vuoi? – le chiesero.

– Tre ore di tempo, e un piccolo fuoco, – rispose.

La portarono in cella e le diedero il fuoco: dopo la prima ora lei bruciò la penna rossa, ma non successe niente. Dopo la seconda ora bruciò la penna nera, e si sentí un rumore di cavalli da lontano. Dopo la terza bruciò la penna bianca, e sulla piazza arrivò un esercito di soldati a cavallo, e in testa c'era il re moro, che andò dal re del posto, dicendo:

– Amico re, cosa faresti a una vecchia che consiglia alla sposa di un re di disobbedirgli?

– La brucerei, – rispose il re del luogo.

– Allora brucia questa, – dice il re moro, e gli gettò davanti la vecchia che aveva consigliato la sposa di passare nello sportello della camera da letto.

E la vecchia fu bruciata.

– E cosa faresti, amico re, a una signora che dicesse che un cameriere ha cercato di dormire con lei, e l'ha graffiata, quando invece è stata lei a graffiarsi perché quel cavaliere non voleva dormire con lei?

– Le farei tagliare la testa, – disse il re.

– Allora tagliale la testa, – disse il re moro, e gli

gettò davanti la signora che aveva fatto la cattiveria.

Poi il re moro disse:

– Devi sapere che quel cameriere non è un uomo, ma una donna: è la sposa che la vecchia aveva mal consigliato. È stata disobbediente, ma poi si è pentita, e ha sofferto abbastanza. Ora la voglio riportare con me.

– E se io non te la volessi far portar via? – disse il re del luogo.

– Allora ti farei guerra con il mio esercito, – disse il re moro.

Il re del luogo guardò le bandiere e le corazze che riempivano la piazza, e disse:

– Prendi pure la tua sposa, e portala a casa tua!

E cosí avvenne, e la ragazza tornò nel palazzo del re moro, e vissero in felicità.

*E lunga è la vita,
corta è l'annata,
la storia è finita,
l'abbiamo ascoltata.*

Il Sultano

In un paese antico e lontano c'era un Sultano ficcanaso, che per sapere i fatti altrui andava ad ascoltare quello che la gente diceva.

Un giorno, stava con l'orecchia attaccata alla porta di una tessitrice, che aveva tre figlie, e sentí la piú grande che diceva:

– Uffa, stare tutto il giorno al telaio! Se ci capitasse un buon partito… Ma come può capitarci? Noi stiamo sempre chiuse in casa!

Quella di mezzo disse:

– Se tu potessi scegliere, che marito sceglieresti?

– Il cocchiere del Sultano, – rispose la maggiore. – Cosí andrei anche in giro in carrozza. E tu chi sceglieresti?

– Il cuoco del Sultano, – disse la seconda. – Cosí mangerei sempre saporito!

La piú grande disse alla piú giovane:

– E tu chi sceglieresti?

– Be', se potessi scegliere davvero, sceglierei il Sultano, – disse quella.

Le sorelle scoppiarono a ridere, dicendo:

– Senti questa! Si accontenta di poco!

Il Sultano tornò alla reggia, e buonanotte.

Il giorno dopo, ecco che arriva a casa della tessitrice un tale, che dice:

– Le tre ragazze sono attese al palazzo del Sultano.

– Dal Sultano? Madre nostra, non ci vogliamo andare! – dissero le ragazze, perché correva voce che il Sultano fosse cattivo.

– Andrò io, – disse la madre, e andò, ma quando arrivò, il Sultano disse:

– Perché sei venuta tu? Io ho mandato a chiamare le tue figliole!

La donna tornò a casa, e disse:

– Ragazze mie, vestitevi: il Sultano vi vuole proprio vedere.

Le tre figlie si vestirono, e andarono al palazzo, e una aveva piú paura dell'altra.

È fatta entrare la piú grande, e il Sultano dice:

– Cos'hai detto ieri sera alle tue sorelle?

– Niente, signore.

– Niente? Non hai detto che vorresti sposarti?

– Sí, l'ho detto, ma solo quello.

– Sei sicura di non aver detto altro?
Lei ci pensa, e dice:
– Ho detto che avrei sposato volentieri il tuo cocchiere, signore.
– E allora sposalo, – disse il Sultano, e fa venire la seconda.
– Cos'hai detto, ieri sera, alle tue sorelle?
– Io, niente.
– Pensaci bene, cos'hai detto?
– Che mi sposerei volentieri, e basta.
– Pensaci meglio.
– Be', ho detto che sposerei il tuo cuoco, signore.
– E allora sposalo.
Poi toccò alla piú piccola, e le sorelle pensarono, tremando:
– Adesso il Sultano ucciderà lei, e forse anche noi!
– Cos'hai detto ieri sera alle tue sorelle?
– Ho detto che mi sposerei volentieri.
– E con chi ti sposeresti?
– Con te.
– E allora sposami, – disse il Sultano, e diede ordine di preparare le tre nozze, che furono fatte con feste e grandi banchetti.
Ma le sorelle, quando videro la minore diventata Sultanessa, furono prese da rabbia e invidia. Il Sultano, che voleva molto bene alla sposa, le diceva:
– Bella mia, vorrei che tu facessi un figlio con una stella in fronte!

Ed ecco che la sposa rimase incinta, e quando fu il momento di partorire, le sorelle dissero al Sultano:

– Lasciaci assistere nostra sorella, la aiuteremo come si deve!

Lui accettò, e loro si chiusero nella camera. Poco dopo nasce un bambino con la stella in fronte: ma le due sorelle, brutte infami, lo prendono, lo mettono in un cestino e lo portano in giardino, e a lei dicono che ha partorito un gatto.

Quando il Sultano seppe la cosa si arrabbiò, e non voleva piú vedere la sposa: ma lei diceva:

– Che colpa ho io, marito?

Lui, piano piano, tornò a volerle bene, e lei rimase di nuovo incinta.

– Stavolta lo vorrei proprio un figlio con la stella d'oro in fronte! – disse il Sultano.

E nacque un bambino con la stella d'oro, ma le sorelle, brutte invidiose, lo misero in giardino e dissero alla madre che aveva partorito un cane.

Quella volta la furia del Sultano fu invincibile: fece chiudere la moglie in una torre, e non ne volle sapere piú niente. Ma dopo un anno, pieno di nostalgia, la fece uscire. Passa un mese, e la sposa restò incinta di nuovo.

– Come sarebbe bello se nascesse una figlia con la collana d'oro! – lui diceva.

Arriva il giorno, e nasce proprio una bambina con la collana d'oro, ma le sorelle, brutte impiccione, la portano in giardino e al Sultano mostrano una scimmia.

Il Sultano, disperato, ordina che la moglie sia chiusa in una torre lontana, e che nessuno piú parli di lei a palazzo, e si dica in giro che è morta. Poi affida il governo a un ministro, e si ritira in triste solitudine, andando a caccia, e abitando in una bella casa nel bosco.

Ora bisogna sapere che i tre piccoli abbandonati nel giardino non erano morti, ma erano stati raccolti dal giardiniere, che li allevò come figli suoi. Un giorno, quando erano già grandi, il giardiniere morí, e i tre rimasero nella sua casa, lavorando come sempre avevano fatto: i due maschi nel giardino, e la sorella in casa.

Una sera, erano a cena, sentirono bussare alla porta. Aprirono, era una vecchina che cercava ospitalità.

– Accomodati, buona donna, – dissero i tre fratelli.

Al mattino, la vecchia chiese ai ragazzi:
– Chi siete?
– Siamo figli del giardiniere.
– E che farete?
– Quello che sempre abbiamo fatto.
– Questo non è il vostro destino, – lei disse, e al piú grande: – Mettiti in viaggio, e troverai fortuna.
– Dimmi dove devo andare, e partirò, – disse quello.
– Prendi la strada maestra e cammina dritto, e se senti strilli, urla, gente che implora e minaccia, non ti voltare, perché se ti volti caschi morto. Se in fondo alla strada arriverai, un uomo felice sarai.
– E come potrò mandare notizie ai miei fratelli?
– Tuo fratello metterà al dito questo anello, e lo terrà giorno e notte: e se non sentirà niente, tu starai bene, ma se gli pungerà, tu sarai morto.
La vecchietta diede l'anello al secondo fratello, e se ne andò. Il piú grande abbracciò gli altri, e partí.
Cammina cammina, non si fermava mai: finché comincia a sentire attorno grida di tutti i tipi:
– Fermo!
– Ascolta!
– Aiutami!
– Prendi questo!
– Ti ammazzo!
E schioppi di fucile, cannonate, fischi, rimbombi: una diavoleria.

A un certo punto, la curiosità la vinse, si voltò, e cadde morto sul colpo.

Il fratello rimasto a casa, in quel momento, sentí l'anello pungergli il dito, e capí che il fratello era morto. Pianse con la sorella, e disse:

– Parto anch'io.

– Ma come mi darai notizie? – chiede la sorella.

A qual punto arriva la vecchia, come fosse stata dietro l'angolo della casa, e dice:

– Giovanotto, parti, ma non essere curioso come tuo fratello. Non voltarti mai. E tu, ragazza, prendi questo coltello: finché la lama sarà pulita, tutto andrà bene, ma se appariranno tre macchie di ruggine, puoi star sicura che tuo fratello sarà morto.

La vecchia va, e il fratello si incammina: e dopo un po' riecco quegli strilli, e urla, e richiami, e scoppi, e spari: e lui resiste, resiste, ma alla fine si volta e casca morto.

La ragazza, quel giorno, guardò il coltello e vide tre macchie di ruggine, e pianse di dolore e di solitudine.

Tornò la vecchia:

– Che è successo?

– Anche il mio secondo fratello è morto, – sospira la ragazza.

– Consolati, e parti anche tu, – dice la vecchia.

– Vedrai che avrai fortuna. Prendi queste tre palle d'oro, e qualunque rumore sentirai, non ti voltare. E quando arriverai dove non potrai proseguire, getta le tre palle, e sarai servita.

La vecchia andò, e la ragazza partí. Cammina cammina, arrivò nel posto dei richiami, strilli, spari, grida: ma lei, ricordando le parole della vecchia, non si voltò, e proseguí per la sua strada.

A un certo punto arrivò a un passaggio cosí stretto, che non poteva andare né avanti né indietro, allora buttò le tre palle, che si aprirono a metà, e apparve un lago dorato, un albero che suonava, e un uccello parlante.

E l'uccello disse:

– Prendimi, prendimi.

E lei lo prese. E un ramo dell'albero si agitava, e l'uccello disse:

– Staccalo, staccalo.

E lei lo staccò, e l'acqua dorata del lago si agitava, e l'uccello disse:

– Portala, portala.

E lei prese una borraccia che aveva e la riempí d'acqua dorata.

– Torna, torna, – disse l'uccello.

E lei tornò per la strada che aveva fatto, e vide

che a destra e a sinistra c'erano dei mucchi di terra nera.

– Bagnali, bagnali, – disse l'uccello.

La ragazza, allora, versò una goccia dell'acqua dorata su un monticello, e ne uscí un giovanotto. E da ogni monticello ne usciva un altro: erano tutti principi che avevano fatto la fine dei suoi fratelli. E dagli ultimi due monticelli uscirono i fratelli, che la abbracciarono e baciarono.

I principi fecero festa alla ragazza, e le diedero molti doni, poi tutti ripartirono per la loro terra, e anche la ragazza e i suoi fratelli tornarono a casa, e ripresero a lavorare nel giardino.

Un giorno i due giovani dissero:

– Andiamo a caccia.

Vanno nel bosco fitto e fondo, e capitano dove abitava il Sultano.

– Che bella casa! – dicono, e in quel momento arriva uno, e dice:

– Chi vi ha dato il permesso di cacciare qui?
– Siamo i figli del giardiniere del Sultano, – risponde il maggiore. – Da quando lui ha abbandonato il regno, cacciamo dove vogliamo!
– Io sono il Sultano! – dice quello. – Potrei farvi tagliare la testa, ma non lo farò, perché so che avete una sorella. Portatela domani.

I due fratelli, spaventati, dissero che l'avrebbero portata, e se ne andarono.

Intanto, però, l'uccello parlante aveva detto alla ragazza:

– Oggi i tuoi fratelli hanno incontrato il Sultano, e lui vuole che tu vada nel bosco. Ma tu non ci andare e di': «Se mi vuole vedere, venga lui!»

Tornano i fratelli e raccontano quello che è successo, e che il Sultano la vuole vedere.

– Se mi vuole vedere, venga lui! – dice la ragazza.

I due fratelli, il giorno dopo, tornarono nel bosco, e andarono alla casa del Sultano.

– Nostra sorella dice cosí e cosí, – dissero, e avevano paura che lui li facesse arrestare per la brutta risposta, ma lui disse:

– Ditele che domani verrò a casa vostra.

I due tornarono, e dissero alla sorella quello che era capitato.

Lei andò dall'uccello, e gli chiese:

– Uccello parlante, cosa farò?

– Prepara un pranzo per il Sultano.

– Un pranzo per il Sultano? Ma abbiamo solo

poche cose da masticare! – disse lei, e l'uccello disse:

– Versa l'acqua d'oro davanti alla porta di casa, e pianta il ramo dell'albero.

Lei piantò il ramo, prese la borraccia, e versò l'acqua d'oro che era rimasta sulla soglia, ed ecco che comparve il lago dorato, e l'albero che suonava, e in casa apparvero cibi e bevande di ogni tipo e abbondanza: però non c'era nemmeno un frutto.

Il giorno dopo il Sultano arriva, e dice:

– Non ricordavo questo lago e quest'albero, nel mio giardino!

Poi siede a tavola, mangia e beve allegramente, in compagnia dei tre fratelli, e pensa:

«Come sono belli! Hanno le stelle in fronte come quelli che volevo io, e invece il giardiniere è stato piú fortunato di me!»

Quando furono alla fine del pranzo, non c'era frutta, e il Sultano disse:

– Mi piacerebbe qualcosa di fresco.

La ragazza esce, e chiede all'uccello, che sta appollaiato sull'albero:

– Il Sultano vuole frutta, che posso fare?
– Vedi il cocomero che sta in riva al lago? – dice l'uccello. – Prendilo e portalo in tavola.

Lei prende il cocomero e lo porta a tavola, e il fratello giovane prova a tagliarlo: ma non riesce. Allora il fratello grande prende il coltello e ci prova: ma il cocomero non si taglia.

Il Sultano, allora, prende la spada che ha al fianco, e appena appoggia la lama il cocomero si spacca in due: e ne escono rubini, diamanti, perle.

Il Sultano disse:
– Quante cose strane: un lago d'oro, un albero che suona, un cocomero pieno di tesori. Spiegatemi voi il perché!

I tre fratelli si guardarono e rimasero zitti, ma in quel momento l'uccello si posò sulla finestra, e disse:

– Lo spiego io il perché! Bisogna sapere che, una volta, un Sultano ficcanaso andò ad ascoltare quello che dicevano le tre figlie di una tessitrice, e... – E raccontò tutto quello che noi sappiamo, per filo e per segno, e mano a mano che l'uccello raccontava, il Sultano diventava pallido.

– E cosí questi tre sono i figli tuoi, – finí l'uccello. – Quelli che hai tanto desiderato e che ti sono stati rubati: abbracciali e siate felici.

E si abbracciarono felici, ma la ragazza disse:
– Presto, andiamo a liberare nostra madre!

Andarono alla torre, e la trovarono viva, la liberarono e le raccontarono ogni cosa, e lei, per quelle notizie ringiovaní di dieci anni, e si illuminò di gioia.

Poi tornarono al palazzo, e si fece una gran cena con tutta la corte.

Però la moglie e i figli non si presentarono a tavola, restando nascosti dietro una tenda.

A metà pranzo il Sultano disse:

– Amici miei, ora vi racconterò una storia.

E raccontò tutta la storia delle figlie della tessitrice, e delle nascite, tutto quanto. E mentre raccontava, le due sorelle grandi diventavano pallide.

Alla fine disse:

– Amici, che pena dareste alle due donne che fecero quegli inganni?

– Le appenderemmo a testa in giú dalla torre piú alta! – gridarono tutti.

E subito il Sultano fece un cenno, e le due sorelle furono prese e appese a testa in giú dalla torre piú alta. Poi la tenda fu spostata, e

apparvero la moglie e i figli, e tutti fecero loro festa, e il gran pranzo riprese,

e bevvero vino bianco
bevvero vino nero,
ma non lo bevvi io,
perché non c'ero.

La penna del grifone

C'era un re che aveva tre figli belli e coraggiosi. Un giorno si ammalò, e perse la vista da un occhio. Chiamò i medici, ma non trovarono la cura. Allora il re fece cercare per mare e per terra qualcuno che lo potesse guarire.

Un giorno si presentò un vecchio mago, che guardò l'occhio a lungo, e poi disse:

– Quest'occhio guarirà se la piuma del grifone lo sfiorerà.

– La piuma del grifone? – chiese il re.

– Sí, quella che gli cresce sul becco, – disse il mago.

Bisogna sapere che il grifone era un terribile uccello che viveva in cima a una montagna altissima, aveva artigli d'acciaio e gettava fiamme dal becco.

– Siamo pronti a partire, padre! – dissero i tre fi-

gli del re. – Andremo sulla montagna, e strapperemo la piuma del grifone!

– Andrete solo voi due, i piú grandi, – disse il re, che temeva i pericoli dell'impresa.

I due figli piú grandi partirono, e cavalca cavalca, con i cavalli stanchissimi arrivarono in un immenso prato, sotto la cima della montagna su cui viveva il grifone.

In una capanna al bordo del prato, viveva un vecchio solitario.

– Buon vecchio, qual è la strada piú corta per salire? – chiesero.

Il vecchio indicò un sentiero dritto e sassoso, e disse:

– La piú corta è quella, ma non salite lassú, buoni giovani! Non potete sconfiggere il grifone!

Ma i due, dopo un po' di riposo, si misero in marcia per il sentiero dritto.

Sali e sali, i loro piedi urtavano i sassi del sentiero. A quel rumore il grifone si svegliò, guardò in basso con i suoi occhi terribili, li vide, aprí le ali tremende, e planò su di loro, sputando fuoco dal becco. I due caddero morti. Intanto il re aspetta-

va, e molto tempo aspettò, fin quando capí che i figli non sarebbero piú tornati.

– Vado io, padre, – disse il figlio piú giovane.

– Non andare! Meglio avere un occhio solo che perdere il mio ultimo figlio!

Ma il giovane non lo ascoltò, e partí.

Cavalca cavalca, arrivò nel grande prato sotto la montagna, vide l'eremita che raccoglieva erbe, e chiese:

– Buon vecchio, qual è la strada piú silenziosa per salire alla montagna?

Il vecchio lo guardò, e indicò un sentiero in mezzo all'erba:

– La strada è quella, ma non salire, perché il grifone è assassino!

– Farò quello che potrò, – disse il giovane. – Ora ti aiuterò un poco a raccogliere le erbe, perché mi sembri un po' stanco.

Raccolse un gran fascio d'erba, e poi lo consegnò al vecchio, che disse:

– Che strani steli hai raccolto!

Il giovane guardò, e vide che in mezzo all'erba che aveva raccolto c'erano una spada e una bacchetta.

– Forse quella è una spada per vincere il grifone, e la bacchetta è per ridare vita a quello che è bruciato! – disse il vecchio, e se ne andò sotto il suo fascio d'erba.

Prima di scomparire si voltò e gridò:

– Una piuma è bella, ma è bella anche sua sorella!

Il giovane, senza capire quelle parole, prese spada e bacchetta, e cominciò a salire per il sentiero lungo. Sali e Sali, il suo piede pestava l'erba, e non faceva rumore.

Il grifone addormentato non lo sentí, finché il giovane fu all'ingresso della caverna. Quando lo sentí cercò di aprire le ali e volare, perché non poteva mandare fiamme se non in volo: ma il giovane si lanciò contro di lui, e gli tagliò la testa. Ed ecco vide che, sul becco del grifone, non c'era una sola piuma, ma due: una gialla e una verde. Per non sbagliare le prese tutte e due, e le mise una nella tasca destra, e l'altra nella sinistra.

Poi prese il sentiero dei sassi in discesa, e vide i corpi bruciati dei fratelli. Li toccò con la bacchetta, e i fratelli tornarono vivi e sani.

Si abbracciarono a lungo, e ripresero la strada.

Ma i due fratelli, invidiosi del suo successo, mentre riposavano presso una palude sperduta, presero la testa del grifone, infilarono la mano nella tasca destra del fratello addormentato, rubarono la piuma gialla, e lo lasciarono lí senza cavallo, pensando che sarebbe morto di fame e di freddo.

Quando arrivarono a casa, dissero al padre:

– Abbiamo ucciso il grifone, ecco la sua testa. Ed ecco la piuma che aveva sul becco.

– E avete visto vostro fratello? – chiese il re.

– Nemmeno da lontano, – risposero.

Tristemente, il re si passò la piuma gialla sull'occhio: ma non accadde niente.

– Si vede che quel mago ti ha ingannato! – dissero i due fratelli. – Noi abbiamo fatto quello che dovevamo!

Ma al re non importava di non essere guarito, perché il suo terzo figlio non ritornava.

Quando il giovane, nella palude, si svegliò e capí quello che era successo, pianse amaramente.

– Fratelli sleali! – disse guardandosi attorno. – Vorrei essere una canna, invece di un uomo!

Ed ecco fu trasformato in canna, perché la piuma verde, che aveva nella tasca sinistra, era quella incantata, e poteva esaudire i desideri.

Passarono i giorni, un pastore vide la bella canna, e la tagliò per farsi uno zufolo. Ma quando cominciò a suonare, invece che suono di zufolo, sentí una bellissima voce che cantava:

Crudele un mio fratello,
affilato coltello!
E l'altro fu sleale,
pieno d'inganno e male!

Il pastore si spaventò, poi pensò che con quel flauto incantato avrebbe potuto guadagnare una fortuna, e prese a girare per campagne e paesi, suonando.

La fama del flauto canterino si diffuse in fretta, e giunse alle orecchie del re.

Per distrarsi dalla sua tristezza, il re fece chiamare il pastore, e gli disse di suonare, e quello suonò. Quando dal flauto uscirono quelle parole, il re riconobbe la voce di suo figlio.

– Dove hai preso questa canna? – chiese al pastore.

– Nella Palude Nera, – rispose quello.

La Palude Nera era proprio sulla strada per la montagna del grifone.

Il re disse:

– Voglio comprarla. Dimmi il suo prezzo.

Il pastore chiese del denaro e il re glielo diede, poi si chiuse nelle sue stanze, e piano piano, senza che nessuno sentisse, cominciò a suonare.

Da principio non uscirono che quelle parole, ma suonando e suonando, la voce cantò tutto quello che era capitato.

– Povero figlio! – disse il re piangendo e accarezzando lo zufolo. – Come vorrei che tu non fossi un pezzo di legno, e tornassi di carne e ossa!

Subito la canna si trasformò nel figlio in carne e ossa, e si abbracciarono contenti.

– Ecco la piuma magica! – disse il giovane, estraendo la piuma dalla tasca sinistra, e la passò delicatamente sull'occhio cieco del padre, che subito guarí.

Figuratevi che sorpresa quando i due fratelli si videro davanti il padre guarito, e il fratello tornato.

Il re, guardandoli severo, fece un gesto, e i due, senza dire una parola, uscirono dal palazzo a piedi, e non si fecero piú vedere, mentre il fratello giovane restò col padre, e quando lui morí divenne re.

La bambina nella cesta di pere

Un contadino aveva un pero i cui frutti erano cosí dolci e saporiti che il re ne voleva tre ceste ogni anno.

Un anno, a causa del maltempo, il pero diede meno frutti, e il contadino non ne ebbe abbastanza per riempire tre ceste. Per paura della punizione, mise la figlia piú piccola, che si chiamava Margherita, in fondo a una cesta, la coprí di pere, e la mandò al palazzo.

Appena arrivata nella dispensa, la piccola saltò fuori, si nascose dietro il cassone della farina, e poiché aveva fame mangiò tre pere.

– C'è qualche bestia che rosicchia la frutta! – dissero i servi quando trovarono i torsoli, e si misero a cercare, finché la trovarono. Allora la portarono in cucina a fare la sguattera.

Margherita era cosí svelta e capace, che in pochi anni passò da sguattera a cameriera. Le altre donne di servizio erano invidiose, e cercavano di metterla nei guai.

Un giorno il re, non si sa da quale bocca, venne a sapere che Margherita aveva detto:

– Io posso lavare, asciugare e stirare in una mattinata tutta la biancheria del palazzo!

Il re la chiamò.

– Sapresti lavare asciugare e stirare in una mattinata tutta la biancheria del palazzo?

– No, sire, non lo saprei fare.

– Però l'hai detto!

– No, sire, non l'ho detto.

– Basta chiacchiere: chi lo dice lo faccia! Domattina farai quello che hai promesso!

Spaventata, Margherita andò dietro la cassa della farina, a piangere e disperarsi.

Bisogna sapere che il figlio del re, che era mezzo mago e da tempo la spiava di nascosto, si era innamorato di lei. Le andò vicino e disse:

– Io ti aiuterò, Margherita: devi solo chiedere che mettano tutta la biancheria in una stanza sola.

Il mattino dopo, quando la biancheria fu in una stanza, da una porta segreta entrò il principe e con una bacchetta magica toccò il mucchio: in un attimo tutto: tovaglie, lenzuola, tende, vesti e grembiuli, fu lavato, asciu-

gato, stirato e ben piegato. Il re e la corte rimasero di stucco, e per qualche tempo Margherita rimase in pace.

Ma un giorno, qualcuno dice al re:
– Margherita ha detto che è capace di rubare il tesoro delle streghe!

Il re la fa chiamare:
– Sai rubare il tesoro delle streghe?
– No, sire.
– Però l'hai detto!
– Non l'ho detto, sire.
– Basta: chi lo dice lo deve fare! Partirai domattina.

Margherita corse a piangere dietro la cassa della farina.

– Non temere, Margherita, ti aiuterò, – disse il principe. – Devi solo chiedere tre libbre di grasso, tre pagnotte e tre scope. E devi ricordare le parole che ora ti insegnerò.

Margherita imparò le parole, chiese il grasso, il pane e le scope, e partí.

Cammina cammina, si trovò davanti a un grandissimo forno, e dentro il forno c'erano tre vecchie, che lo pulivano con i loro capelli.

– Nonnine, prendete queste scope! – disse lei, e quelle le presero, tutte contente.

Cammina cammina, c'erano tre cani lupo che sbarravano la strada: lei gettò loro le pagnotte, e quelli la lasciarono passare.

Cammina cammina, ecco un fiume di acqua turbolenta, senza ponti e senza guadi.

Margherita non sapeva che fare, ma ricordò le parole che il principe le aveva insegnato, e disse:

*Acqua forte,
acqua grossa,
via da chi passa!*

Subito l'acqua si calmò e si abbassò, e lei passò.

Cammina cammina, arrivò a un castello nero, chiuso da un portone nero. Ma appena lei toccava il portone, quello cigolava e fischiava da far spavento.

Margherita unse i cardini con il grasso, e il portone si aprí senza un rumore.

Avanti e avanti, nel castello non c'era nessuno. Dopo sette stanze e sette corridoi, arrivò in una camera nera, e su un tavolino c'era una cassetta chiusa. La mise sotto il braccio, e via di corsa.

Ma ecco che la cassetta si mette a strillare:

– Portone, ammazza la ragazza!

Il portone risponde:

– No che non l'ammazzo: mi ha ingrassato, e sono beato!

La cassetta strilla:

– Fiume, annega la ragazza!

– No che non l'annego: mi ha parlato, e sono placato!

– Cani, mangiate la ragazza!

– No che non la mangiamo: pane ci ha dato, e ci ha saziato!

– Vecchie, bruciate la ragazza!

– No che non la bruciamo: scope ci ha dato, e capelli ci ha salvato!

Margherita era quasi arrivata, però non resistette alla tentazione, e aprí la cassetta: e ne scappò fuori un'oca bella grossa e bianca, con trenta pulcini d'oro, e lei li rincorreva, ma nemmeno uno ne prendeva.

Arrivò il principe, stese il suo mantello, e subito oca e pulcini ci saltarono sopra: lui raccolse i lembi e li rimise nella cassetta.

– Grazie, – disse lei.

– Vuoi essere mia sposa? – lui chiese.

– Sí.

– Fa' come ti dico. Quando mio padre ti chiederà cosa desideri come ricompensa, chiedigli quello che sta nella cassa del carbone, dietro il palazzo.

Poco dopo Margherita diede la cassetta al re, e tutta la corte poté ammirare il tesoro che c'era dentro.

– Che ricompensa vuoi, Margherita? – chiese il re.

– Quello che sta nella cassa del carbone, – rispose lei.

Il re andò alla cassa, e disse:

– È tutto tuo!

Allora si aprí il coperchio, e saltò fuori il principe, dicendo:

– Chi lo dice, lo deve fare!

Il re dovette mantenere la promessa, e si fecero le nozze, e una festa cosí grande che non basterebbe una notte per raccontarla tutta.

La ragazza soldato

C'era una volta una ragazza che aveva un fratello che doveva partire come soldato. Il padre e la madre erano vecchi e malati, e se il fratello se ne andava sarebbero tutti morti di fame.

Allora la ragazza andò a fare il soldato al posto del fratello, ed era cosí brava nella vita militare, che nessuno si accorse mai di chi era davvero.

Un giorno, mentre faceva esercitazioni sotto la finestra del palazzo reale, la figlia del re la vide, e credendola un soldato se ne innamorò.

La fece chiamare, e disse:

– Bel soldato, se mi sposi chiederò a mio padre di darti il congedo, cosí avrai finito di faticare.

– Non posso, – rispose il finto soldato.

– Perché non puoi?

– Per un motivo segreto.

La principessa la mandò via, ma continuava a pensare a quel soldato di giorno e anche di notte, e lo fece ancora chiamare.

– Hai cambiato idea, bel soldato? Mi vuoi sposare?

– Non posso, principessa.

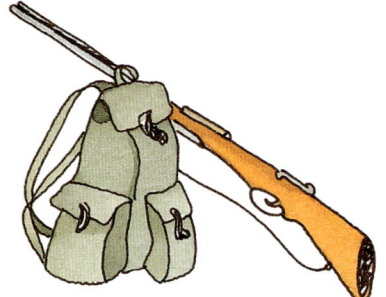

– Perché non puoi?
– Per un motivo segreto.
Allora lei si infuriò, e disse:
– E io ti ordino: prendi zaino e fucile, e va' a rubare il tesoro del re d'Inghilterra!
A quell'ordine bisognava obbedire, e la ragazza soldato partí.
Cammina cammina, una sera vide sulla strada un vecchio legato con catene di ferro a una colonna.
– Chi ti ha legato qui? – chiese la ragazza.
– La gente lumaca! – rispose quello.
– Che vuoi dire?
– Mi hanno legato perché io corro piú veloce di una lepre!
– Se ti tolgo le catene, verrai con me? – chiese lei.
– Anche in capo al mondo, – lui rispose, e fu liberato, e andò con lei. Ogni tanto, per sfogarsi, correva intorno a una collina o a una montagna, e poi riprendeva a camminare.
Cammina cammina, videro un vecchio legato a

un ponte, che con il soffio faceva girare le pale di due mulini.

– Sei contento di essere legato? – gli chiese la ragazza.

– Come tu di essere impiccato! – rispose il vecchio.

– Se ti libero, verrai con me?

– Anche dall'altra parte del mondo.

Si misero in cammino, e arrivarono in Inghilterra.

Bisogna sapere che la figlia di quel re correva cosí veloce che nessun altro del regno le poteva stare dietro.

Quando la ragazza soldato lo seppe, andò alla reggia e si presentò al re.

– Se un vecchio battesse tua figlia nella corsa, cosa gli daresti? – disse.

Il re si mise a ridere, e rispose:

– Gli darei il mio tesoro!

Si fece la gara, e il vecchio corse cosí veloce che, quando tornò, la figlia del re era appena partita.

Cosí il re diede il suo tesoro ai tre, che se ne andarono. Per fare piú in fretta a tornare, presero una barca a vela: ma quando furono in mezzo al mare, venne una tempesta che ruppe l'albero e portò via la vela. La ragazza soldato era disperata, ma il secondo vecchio le disse:

– Apri il tuo fazzoletto, e tienilo forte.

Lei fece cosí, e lui soffiò sul fazzoletto con tanto

fiato che la barca arrivò in un lampo al porto. Tornarono al palazzo del re, e consegnarono il tesoro alla principessa.

– Perché, insomma, non mi vuoi sposare? – chiese quella.

– Perché non sono uomo, ma donna, – disse finalmente la ragazza soldato. – Però a casa ho un fratello che è uguale a me, e forse potresti sposare lui.

La principessa le diede la carta del congedo, e disse:

– Torna a casa, e portalo qui.

Lei andò, tornò col fratello, che piacque alla principessa come le era piaciuta lei, e ci furono le nozze, e il primo vecchio andò a prendere i dolci piú buoni del mondo, e il secondo soffiò via le nuvole che si erano radunate sopra il palazzo.

Storia di Ciricoccola

Un mercante vedovo aveva tre figlie tanto amate, che non si era piú risposato, perché non avessero matrigna.

Un giorno dovette partire per la Francia, a causa dei suoi affari, ed era molto preoccupato di lasciare sole le figliole.

– Non stare in pensiero, – dicevano le ragazze. – Noi staremo ad aspettarti, e fileremo. Non ci succederà niente.

– Cosa volete che vi porti per farvi contente? – chiese il padre, per premiare la loro buona volontà.

– Lasciaci riflettere per un giorno e una notte, – rispose la maggiore, perché con la seconda sorella voleva pensare a qualcosa di prezioso.

– Per me, qualsiasi cosa va bene, – disse la piú giovane.

Dopo un giorno e una notte, la sorella grande disse:

– Padre, se vuoi farci contente, fa' aprire tre finestre: una d'oro, una d'argento e una di bronzo. Siccome quando sarai via non usciremo a passeggiare, potremo stare un po' affacciate alla finestra.

Il padre fece costruire le finestre, anche perché vicino a loro abitava l'Uomo Selvatico, e le ragazze promisero che non sarebbero mai uscite.

Poi il mercante, con cavallo e bagaglio, partí per la Francia.

Appena fu lontano, le sorelle si misero alla finestra: la piú grande a quella d'oro, la seconda a quella d'argento, la terza a quella di bronzo.

Bisogna sapere che la terza figlia, quella di miglior pasta, era anche la piú bella, e le altre due erano invidiose di lei fino a farsi marcire il sangue.

Dopo un po' passò il figlio del re, che disse ad alta voce:

– Quella dell'oro è bella, quella dell'argento ancor piú bella, quella del bronzo è la piú bella di tutte: buonanotte alle belle e alle brutte!

Le due sorelle grandi, a sentire quelle parole, bollivano di rabbia, e il giorno dopo misero la minore alla finestra d'argento, mentre la maggiore si affacciò a quella d'oro, e la seconda a quella di bronzo.

Passa il figlio del re, col naso in aria, e dice con voce chiara:

– Quella dell'oro è bella, quella del bronzo è piú bella, ma quella dell'argento è piú bella di tutte: buonanotte a belle e brutte!

Rabbiose, il giorno dopo le maggiori misero la sorella alla finestra d'oro.

Passò il principe, e dopo aver guardato canticchiò:

– Quella del bronzo è bella, quella dell'argento ancor piú bella, ma quella dell'oro è piú bella di tutte: buonanotte belle e brutte!

Le due sorelle grandi erano pazze di rabbia, e pensarono a come liberarsi della minore.

– Dietro la casa c'è il giardino dell'Uomo Selvatico, – disse una. – Facciamo in modo che Ciricoccola (cosí si chiamava la piccola) ci vada, e accada quel che deve accadere…

Chiamarono la sorella.

– Ciricoccola, – dissero, – ci è caduta la rocca

per filare dalla finestrella dietro la casa… E noi da quella finestrella non riusciamo a passare… Ahi, ahi, non potremo piú filare, chissà cosa dirà nostro padre quando tornerà…

– Sorelle, io ci posso passare: legatemi a una corda, e calatemi dalla finestrella in quel giardino. Troverò la rocca e voi mi tirerete su, prima che l'Uomo Selvatico si accorga di me.

Le sorelle cosí fecero, ma appena la ragazza toccò il giardino con i piedi, tagliarono la corda e chiusero la finestra.

Ciricoccola, capendo di essere stata tradita, si gettò sotto un albero a piangere, finché per la stanchezza si addormentò.

Arrivò l'Uomo Selvatico, e la vide: era cosí bella che rimase in silenzio, senza muoversi.

Lei si svegliò e lo vide, e pensò che l'avrebbe uccisa, ma lui disse:

– Bella, se mi aiuti e mi fai un po' compagnia, non ti farò nessun male.

E cosí fu: l'Uomo Selvatico la trattava come una dama, e le diede anche le chiavi di tutta la casa.

– Non aprire mai la porta esterna, a nessuno, – le raccomandò. – Se lo fai, morirai.

Ciricoccola promise.

Nel frattempo, bisogna sapere, il figlio del re si era tanto innamorato della piú piccola delle sorelle che non mangiava piú, era diventato malinconico, e il re e la regina erano molto preoccupati.

Finalmente il padre tornò dalla Francia con molti doni: ma le sorelle si fecero trovare vestite a lutto, e gli fecero credere, mentre lui piangeva, che Ciricoccola era morta di malattia, e sepolta nella tomba di famiglia.

Pochi giorni dopo, bussa il principe.

– Che desideri, signore? – chiese il padre, ancora bagnato di pianto.

– Sposare la tua figlia piú bella: la piú giovane delle tre.

Il padre ricominciò a piangere, e gli raccontò quello che le sorelle avevano raccontato: allora il principe si chiuse nella sua stanza, e non voleva piú uscire.

Passò il tempo, e le sorelle, consultando una strega, vennero a sapere che Ciricoccola stava bene.

– Devi aiutarci a farla morire, – dissero alla strega.

La vecchia, vestita da venditrice di spilloni, andò sotto la casa dell'Uomo Selvatico.

– Spille e spilloni tutti di luce! – gridava. – È roba bella, a chi non piace?

Ciricoccola, che l'aveva sentita dalla finestra, si fece tentare: scese, aprí il portone e comprò uno spillone: ma mentre se lo faceva mettere dalla vecchia fra i capelli, quella la punse, e la ragazza si trasformò in statua.

– Vostra sorella è impietrita! – annunciò la strega alle maggiori.

Quando tornò l'Uomo Selvatico, e vide la statua, capí quello che era successo. Tolse lo spillone, e Ciricoccola tornò viva.

– Questa volta ti ho aiutato, ma la prossima resterai di pietra! – disse lui.

Lei promise che mai e mai piú avrebbe aperto il portone.

Ma le sorelle si accorsero della cosa, e pregarono la strega di tornare ad ucciderla. Questa volta la vecchia si travestí da venditrice di collane.

– Collane e collari, giri di sole! Sono bellezze per chi le vuole!

Ciricoccola aprí il portone: e appena mise al collo una collana, tornò statua.

L'Uomo Selvatico, quella sera, le tolse la collana.

– È l'ultima volta che ti salvo! La prossima volta resterai di pietra!

Lei promise con la mano sul cuore.

Ma qualche giorno dopo, ecco la vecchia, che vendeva camicie ricamate d'argento.

– Camicie d'argento, camicie preziose! Per ragazze, per donne e per spose!

Ciriccoccola, per la terza volta, scese ad aprire il portone: e appena mise addosso una camicia, tornò statua.

Quando l'Uomo Selvatico fu a casa, gridò:
– Basta!

Chiamò un venditore ambulante e gli disse di portarsi via la statua e venderla.

– Statua di pietra, dura ma bella! – gridava il

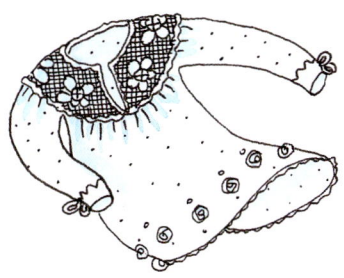

venditore per le strade. – Nessun'altra le è sorella!

Il figlio del re, che era alla finestra, vide la statua, e lo intenerí tanto che la comprò, la mise nella sua stanza, e la guardava piangendo.

Ed ecco che una serva del principe, una mattina, tolse la camicia di nascosto alla statua per provarla allo specchio: ma appena la tolse, Ciricoccola tornò viva. Il principe accorse, e ascoltò la sua storia.

Figuratevi che gioia e che festa! Dopo una settimana i due si sposarono, mentre le sorelle furono chiuse in una torre senza porte e senza finestre, a tessere pizzi e merletti per tutta la vita.

La principessa degli indovinelli

Un re aveva una figlia cosí bella, che tutti i principi la chiedevano in sposa, ma lei non voleva nessuno. Un giorno il re, che desiderava molto avere un nipotino, la chiamò.

– Figlia cara, bella ma somara, devi prendere marito: io ho i capelli bianchi, e voglio un erede. Questo è il mio comando.

La figlia pensò un poco, poi disse:

– Padre buono, seduto sul tuo trono, manda a chiamare i principi vicini e lontani: chi mi dirà un indovinello che non saprò indovinare, lo sposerò.

Bisogna sapere che la ragazza aveva un cervello cosí sveglio, che nessuno la poteva ingannare.

Gli annunci furono fatti, e cominciarono ad arrivare i principi con gli indovinelli: ma la principessa li indovinava tutti, e quelli tornavano a casa tutti scornati.

Poco lontano dalla reggia abitava una povera donna, con un figlio di nome Baiton, che tutti credevano un gran babbeo.

– Baiton, hai sentito la notizia? – gli disse un compagno, per prenderlo in giro.

– Che notizia?

– La principessa sposerà chi le dirà un indovinello che lei non indovinerà.

– Ci vado io, a dirle l'indovinello, – disse Baiton.

– Ma se non sai nemmeno chi sei! – disse la madre, che temeva i pericoli del viaggio.

– Se non lo so, lo imparerò, – lui rispose.

– E se il re ti condannerà a morte?

– Se mi condannerà, vedrò cosa c'è nell'altro mondo.

La madre, visto che Baiton aveva deciso, gli diede una focaccia con dentro del veleno, perché pensava fosse meglio farlo morire per mano sua che per mano del re.

Baiton partí, e poco dopo diede un po' di focaccia al cane che lo accompagnava, e il cane morí.

«Chi mi amava mi tradí, chi mi era fedele morí», pensò il giovane.

Andò avanti, e siccome faceva caldo, si fermò a una fontana. Vide l'acqua che aveva scavato la pietra, e pensò:

«Ecco il tenero che fora il duro».

Poco dopo trovò una capanna abbandonata, e volle cuocersi un pezzo di carne, ma nel camino non c'era legna. Allora accese il fuoco con fogli di carta scritti che stavano per terra.

«Ecco la carne cotta con le parole!» pensò mangiando.

Poi proseguí il cammino, e arrivò alla reggia. Il salone del trono era pieno, e la principessa indovinava tutti gli indovinelli che le venivano detti.

Il re era disperato.

Baiton, quando fu il suo turno, disse:

– Chi mi amava mi tradí, chi mi era fedele morí. Cos'è il tenero che fora il duro? Come si cuoce con le parole?

La principessa pensò, pensò, ma non riusciva a indovinare.

– Ho bisogno di un giorno per risolvere i tuoi indovinelli, – disse, e tornò nelle sue stanze.

Tutti se ne andarono, e Baiton trovò una locanda per mangiare e dormire con pochi soldi. Gli diedero un posto nel granaio.

Intanto la principessa, furiosa, si vestí da contadino e se ne andò in giro per sfogare la sua rabbia. Al ritorno era buio, e si fermò alla prima osteria che trovò.

– Non c'è posto nelle stanze, ma se vuoi puoi dormire nel granaio, con un altro contadino, – disse l'oste.

Quando lei vide che il contadino era Baiton, si fregò le mani. Prese una bottiglia di vino, e parlando e ridendo gliela fece bere tutta. Allegro e brillo, lui raccontò del suo viaggio e di come aveva inventato gli indovinelli.

Poi si misero a dormire. Lei rideva fra sé, perché pensava che il giorno dopo avrebbe risolto gli indovinelli.

Ma al mattino Baiton, come tutti i contadini, si svegliò presto, e vide che dalla casacca della ragazza spuntava un pezzo di camicia, con scritto il nome della principessa.

Svelto, tagliò il pezzo di camicia e lo mise in tasca. Poco dopo anche il finto contadino si svegliò, e i due si salutarono.

All'ora dell'udienza la sala del trono era piena: tutti volevano sapere se la principessa avrebbe risolto gli indovinelli di Baiton. Ma quando lui li ripeté, lei disse quieta quieta:

– Chi ti tradí è tua madre, che avvelenò il pane che uccise il cane fedele. Il tenero che fora il duro è l'acqua che scava la pietra alla fontana. E per cuocere con le parole si fa un fuoco con fogli scritti.

Tutti gridavano e applaudivano per la bravura della principessa, ma Baiton disse:

– La principessa è mia sposa, perché stanotte ha dormito con me!

Mostrò il pezzo della camicia: re e principessa non potevano fare altro che accettare.

– Ci sposeremo fra otto giorni, – disse la principessa, triste. – Intanto tu farai tre bagni ogni giorno, e ti profumerai: eccoti del denaro per comprare sapone e profumi.

Baiton abitava in una stanza separata del palazzo: dopo il terzo bagno si annoiava, e stava alla finestra.

Passarono tre vecchie mendicanti.

– Prendete, nonnine! – gridò lui, e gettò i soldi che aveva avuto per comprare sapone e profumi.

Ma le tre erano maghe, e una disse:

– Sarai il piú bel giovane del mondo!

E la seconda:

– Sarai il piú fine e il piú istruito!

E la terza:

– Avrai una moglie che ti amerà come i suoi occhi.

Detto fatto, Baiton si trasformò in un bellissimo giovane, fine e istruito, e quando la principessa lo vide si innamorò di lui, tanto che volle sposarlo ancora prima degli otto giorni.

Ci furono le nozze, e dopo un po' nacquero i principini, e anche il re fu contento.

Il capitano-principessa

Un re molto vecchio, che stava per cominciare una guerra, non sapeva a chi affidare il comando dell'esercito, perché non aveva figli maschi.

– Guiderò io i soldati, padre, – disse la maggiore delle sue figlie.

Lui, sospirando, le diede il permesso. Lei si vestí da capitano e partí alla testa dell'esercito. A un certo punto, ecco che passano vicino a un canneto.

– Che belle canne per farne rocche da filare! – disse lei.

I soldati, allora, si misero a gridare:

– Non sei adatta a comandarci, non sei un buon capitano: tornatene a casa a filare!

Allora si propose la seconda figlia: si vestí da capitano, e partí, ma arrivata al canneto disse:

– Che belle canne per farne flauti!

– Torna a suonare il flauto! – gridarono i soldati. – Tu non puoi guidarci al combattimento!

Restava la terza figlia, che era piú astuta delle altre. Quando passò accanto al canneto, disse:

– Che belle canne per farne fucili!

E i soldati:

– Tu sí, sei un buon capitano!

Marcia e marcia, arrivarono al luogo della battaglia: ma prima la donna-capitano volle andare a portar omaggio al re nemico, un giovane sempre accompagnato dalla madre.

Quando lui vide la ragazza, bisbigliò alla madre:

– Guance a pomo, dita a cannella: guarda, madre, com'è bella!

– Non dire sciocchezze, figlio, quello è un uomo: e tu pensa a vincere la battaglia!

Ma ormai il giovane era cosí incantato che si distrasse, e perse la battaglia.

La madre pensò allora di invitare il capitano a pranzo, per strappare una pace vantaggiosa: ma il re continuava a fantasticare.

– Se la sedia su cui siederà sarà calda, vuol dire che è donna, se sarà fredda vuol dire che è uomo. Se berrà vino dolce è donna, se berrà vino forte è uomo.

Bisogna sapere che lí vicino c'era un servitore della donna-capitano, che si era fatto prendere come servo nell'accampamento del re per fare la spia.

Subito andò a raccontarle quello che aveva sentito.

– Appena mi alzo dalla sedia, tu gira subito il cuscino! – raccomandò lei, e lui cosí fece: cosí il re, quando tastò il cuscino, sentí che era freddo. Non ancora convinto, fece portare del vino dolce.

– Puh, cos'è questo rosolio? – disse lei sputando. – Portatemi un bicchiere di quello forte!

Ma il giovane re non era ancora convinto.

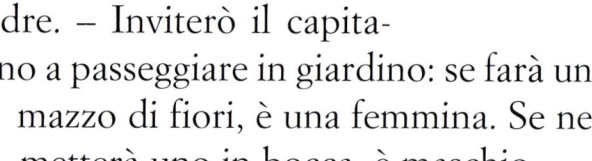

– Farò un'altra prova, – disse alla madre. – Inviterò il capitano a passeggiare in giardino: se farà un mazzo di fiori, è una femmina. Se ne metterà uno in bocca, è maschio.

La spia, che aveva sentito tutto, avvertí la donna-capitano, che quando fu in mezzo al giardino strappò un fiore, e se lo mise fra i denti.

– Hai visto, figlio mio? È un uomo! – diceva la regina.

Ma il giovane non era ancora convinto.

– Che ne dici, capitano, di fare un bel bagno? – disse. – Poi faremo merenda!

– Perché no? – rispose la donna-capitano, ma mentre si toglieva gli stivali, sussurrò al servo:

– Prima che mi spogli tutta, portami un messaggio!

Cosí, prima che lei togliesse la veste, ecco arrivò il servo con un messaggio urgente.

– Mio padre sta male! – disse la donna-capitano, e si rivestí. Però, prima di ripartire, scrisse con un carbone sulla parete della capanna:

> *Donna ero e donna sono,*
> *ho ingannato il re, che è uomo.*

Quando, partita lei, il re lesse la frase, si arrabbiò tanto che volle vendicarsi, e andò da una strega potente a chiedere aiuto.

– Ci penso io, maestà! – disse la strega, e costruí un letto incantato, che aveva quattro colonne con sopra quattro colombe.

Poi, travestita da mercante, andò con il letto alla reggia del vecchio re.

– Che meraviglia di letto! – dissero le tre figlie quando lo videro. – Padre, compralo per noi!

Il vecchio re lo comprò, e il letto fu messo nella camera della piú grande. Ma lei non riusciva a dormire, perché tutta notte le colombe parlavano con voce umana, e dicevano:

– Hai mangiato?
– Io no!
– Che farai?
– Mangerò!

La figlia maggiore diede il letto alla seconda: ma le colombe, di notte, continuavano a dire:
– Hai bevuto?
– Io no!
– Che farai?
– Io berrò!
Alla fine trasferirono il letto nella camera della piú giovane: ma lei, avendo sentito i lamenti delle sorelle, alla sera diede da mangiare e da bere alle colombe, che rimasero zitte e buone.

Quando la ragazza fu addormentata, le colombe aprirono le ali e si alzarono in volo, portando via il letto, e lo posarono sulla terrazza del palazzo del re giovane.

Al mattino, il sole svegliò il re: uscí, e vide la ragazza ancora addormentata. Aspettò che si svegliasse, e la chiese in sposa: lei accettò, perché, fin da quando giocava al soldato, quel bel giovane aveva amato.

Indice

Fiabe da tutta Italia

- p. 7   Le streghe e i fichi
- 13   Andreana
- 17   La lanterna magica
- 22   Le mie belle tre corone
- 28   La vecchia nell'orto
- 35   L'argentiere
- 41   Niccolino
- 48   La gallina secca
- 51   Il tesoro
- 59   Il re comandino
- 64   Il re moro
- 75   Il Sultano
- 89   La penna del grifone
- 96   La bambina nella cesta di pere
- 103   La ragazza soldato
- 108   Storia di Ciricoccola
- 116   La principessa degli indovinelli
- 122   Il capitano-principessa

Einaudi Ragazzi
Lo scaffale d'oro

Gianni Rodari, *La torta in cielo*
Mario Lodi e i suoi ragazzi, *Cipí*
Gianni Rodari, *Favole al telefono*
Gianni Rodari, *Il libro degli errori*
Roberto Piumini, *Lo stralisco*
Gianni Rodari, *C'era due volte il barone Lamberto*
Mario Lodi, *Bandiera*
Gianni Rodari, *Prime fiabe e filastrocche*
Bianca Pitzorno, *Extraterrestre alla pari*
Bianca Pitzorno, *L'incredibile storia di Lavinia*
Bruno Munari - Enrica Agostinelli, *Cappuccetto Rosso Verde Giallo Blu e Bianco*
Nicoletta Costa, *C'era una volta la nuvola Olga*
Jean Jacques Sempé - René Goscinny, *Le vacanze di Nicola*
Bianca Pitzorno, *Streghetta mia*
Gianni Rodari, *Filastrocche in cielo e in terra*
Daniel Pennac, *Kamo - L'agenzia Babele*
Gianni Rodari, *Il pianeta degli alberi di Natale*
Gianni Rodari, *Novelle fatte a macchina*
Nico Orengo, *A - ulí - ulé*
Daniel Pennac, *L'evasione di Kamo*
Lella Gandini, *Ninnenanne e tiritere*
Henriette Bichonnier - Pef, *Storie da ridere*
Agostino Traini, *Mucca Moka, sei grande!*
Jean Jacques Sempé - René Goscinny, *I divertimenti di Nicola*
Roberto Piumini, *Mattia e il nonno*
Angela Nanetti, *Mio nonno era un ciliegio*
Daniel Pennac, *Io e Kamo*
Gianni Rodari, *Fra i banchi*
Axel Scheffler, *L'erba del vicino... - Proverbi da tutto il mondo*
Rime per tutto il giorno
Marion Söffker, *Aggiungi latte e mescola*

Jean Jacques Sempé - René Goscinny, *Le trovate di Nicola*
Sigrid Heuck, *Storie sotto il melo*
Gianni Rodari, *Fiabe e Fantafiabe*
Roberto Piumini, *C'era una volta, ascolta*
Daniel Pennac, *Kamo - L'idea del secolo*
Hans Magnus Enzensberger, *Il mago dei numeri*
Storie di streghe, lupi e dragolupi
Roberto Piumini - Emanuela Bussolati, *Fiabe per occhi e bocca*
La cicala e la formica e altre favole di animali, riscritte da
    Graham Percy
Erwin Moser, *La barca dei sogni - Storie della buonanotte*
Penne, matite e astucci - Storie di scuola
Roberto Piumini - Francesco Altan, *Mi leggi un'altra storia?*
Raccontini strampalati e divertenti
Sergueï Kozlov, *L'orsetto e il riccio - Storie dal profondo della foresta*
Mino Milani, *La storia di Tristano e Isotta*
Mino Milani, *La storia di Ulisse e Argo*
Stefano Bordiglioni - Manuela Badocco, *Dal diario di una
    bambina troppo occupata*
Pef, *Gli uomini rossi*
Ingo Siegner, *Nocedicocco - Draghetto sputafuoco*
Gérard Nicolas, *Il teatro della Grande Foresta*
Stefano Bordiglioni, *Scuolaforesta*
Oscar Wilde, *Il fantasma di Canterville*
Edna O'Brien, *Elfi e draghi - Racconti irlandesi*
Stefano Bordiglioni, *Un problema è un bel problema*
Beatrice Masini, *A pescare pensieri*
Roberto Piumini, *Storie per chi le vuole*
Graham Percy, *E cammina cammina... Storie da tutto il mondo*
Christine Nöstlinger, *Le avventure nel bosco di Tato Tasso*
Nicoletta Costa, *Storie di foglie e di cielo*
Geraldine McCaughrean, *Sotto il segno di Giove - Miti romani*
Occhio di serpe, lingua di fuoco - Storie di mostri e draghi
Tony Bradman, *Spade, maghi e supereroi*
Saviour Pirotta, *Ai piedi dell'Olimpo - Miti greci*
Susie Morgenstern, *Prima media!*
Lella Gandini - Roberto Piumini, *Fiabe d'Italia*
Beatrice Masini, *Olga in punta di piedi*
Angela Nanetti, *Azzurrina*
Irène Colas, *Guida per aspiranti principesse*
Roberto Piumini, *Storie in un fiato*
Beatrice Masini, *La notte della cometa sbagliata - Una storia
    al giorno aspettando Natale*

Stefano Bordiglioni, *Un attimo prima di dormire*
Ingo Siegner, *Nocedicocco - Natale sull'Isola dei Draghi*
Gianni Rodari, *Gip nel televisore e altre storie in orbita*
Irène Colas, *Guida per aspiranti streghe*
Stefano Bordiglioni, *Storie per te*
Roberto Piumini, *Mille cavalli*
Beatrice Masini, *Il casello della buonanotte*
Geraldine McCaughrean, *Grandi amori sull'Olimpo - Storie degli dei greci*
Piumini, Bordiglioni, Costa, Salemi, *C'erano cinque volte*
Angela Nanetti, *Venti... e una storia*
Bordiglioni, Gandini - Piumini, Jonas, *C'era una principessa...*
Piumini, Dell'Oro, Bordiglioni, *Uno... due... trema!*
Nicoletta Costa, *Evviva l'alfabeto!*
Stefano Bordiglioni, *Omero e l'Acchiappastorie*
Lella Gandini - Roberto Piumini, *Fiabe da tutta Italia*
Paola Capriolo, *L'amico invisibile*
Beatrice Masini, *Che fata che sei*
Vivian Lamarque, *Storie di animali per bambini senza animali*

Finito di stampare nel mese di ottobre 2006
per conto delle Edizioni EL
presso Editoriale Lloyd S.r.l. - San Dorligo della Valle (Ts)